NADANDO NO ESCURO

Tomasz
Jedrowski

NADANDO NO ESCURO

Tradução Luiza Marcondes

Editora Natália Ortega

Editora de arte Tâmizi Ribeiro

Produção editorial Andressa Ciniciato, Brendha Rodrigues e Thais Taldivo

Preparação de texto João Rodrigues

Revisão de texto Carlos César da Silva e Pedro Siqueira

Design da capa David Mann | Imagem © Alamy

Foto do autor © Kuba Dabrowski

Dados Internacionais de Catalogação na Publicação (CIP)
Angélica Ilacqua CRB-8/7057

J48n

Jedrowski, Tomasz
Nadando no escuro / Tomasz Jedrowski ; tradução de Luiza Marcondes. -- Bauru, SP : Astral Cultural, 2024.
240 p.

ISBN 978-65-5566-487-4
Título original: Swimming in the dark

1. Ficção inglesa 2. Homossexuais - Ficção I. Título II. Marcondes, Luiza III. Série

24-0224

CDD 823

Índice para catálogo sistemático:
1. Ficção inglesa

BAURU
Rua Joaquim Anacleto
Bueno, 1-42
Jardim Contorno
CEP: 17047-281
Telefone: (14) 3879-3877

SÃO PAULO
Rua Augusta, 101
Sala 1812, 18° andar
Consolação
CEP: 01305-000
Telefone: (11) 3048-2900

E-mail: contato@astralcultural.com.br

Para Laurent, meu lar.

A respeito da ação que está prestes a começar, ela acontece na Polônia: ou seja, em lugar nenhum.

Alfred Jarry
Ubu Rei

Wszystko mija, nawet najdłuższa żmija. [Tudo passa, até mesmo a mais longa das víboras.]

Stanisław Jerzy Lec
Unkempt Thoughts

PRÓLOGO

NÃO SEI O QUE ME FEZ ACORDAR HOJE À NOITE. NÃO foi o galho da castanheira batendo na janela, nem *pani* Kolecka tossindo no quarto ao lado. Não mais. Talvez fossem os fantasmas desses sons, varridos pelo vento e carregados sobre o oceano para bater à porta de minha consciência. Talvez. Uma coisa me é certa: meu corpo está exaurido, como um país estrangeiro depois de uma guerra. E, ainda assim, não consigo voltar a dormir.

Penso em você. No rosto que minha memória é capaz de conjurar, com seus contornos grosseiros e detalhes sutis, com os olhos cinza-azulados, da mesma cor do mar Báltico no inverno. Penso em seu rosto enquanto me levanto, enquanto caminho no escuro da cama até a janela, roupas por todo o chão, como pensamentos abandonados. E, então, lembro-me da noite passada e um calafrio me congela. O rádio estava ligado na programação musical, como em todos os dias depois do trabalho: algo leve tocava, não consigo me lembrar o quê. Em pé na cozinha, eu procurava pelo café quando a música parou.

Estamos interrompendo o programa para um anúncio especial, disse a moça, com sua voz suave e nivelada. *Na manhã de hoje, dia 13 de dezembro, foi decretada a lei marcial na República Popular da Polônia. Tal fato segue-se a semanas de greves e inquietação por parte de manifestantes pró-democracia, bem como à ascendência meteórica do primeiro sindicato independente do bloco comunista, Solidarność* (pronunciado erroneamente). *Em uma declaração televisionada, o governo anunciou uma série de medidas drásticas: escolas e universidades foram fechadas, bem como as fronteiras do país, e toques de recolher foram impostos à população. Manteremos vocês atualizados a respeito de quaisquer outros acontecimentos.*

A música continuou.

Nem consigo explicar o que senti naquele momento. Uma paralisia em sua mais pura forma. Meu corpo deve ter parado de funcionar antes que minha mente fosse capaz de reagir. Não faço ideia de como cheguei até a cama.

Ao lado da janela, acendo um cigarro. Lá fora, a rua está vazia, e a chuva noturna reluz nas calçadas, refletindo a imagem das construções de dois andares e as placas de néon crepitante. "Abertos 24 horas", diz a lanchonete descendo o quarteirão. "Conveniência Wanda's Greenpoint", sussurra outra, em vermelho e branco. Ao longe, sirenes da polícia ressoam. De um jeito bizarro, são iguais às que havia em casa. Sempre que ouço uma, os pelos de meus antebraços ficam em pé. Elas me fazem recordar da noite em que o mesmo som estridente preencheu o ar de uma cidade distante. Antes de aquela cidade se tornar um esboço, um assunto nos noticiários estrangeiros. Antes de a solidão me cobrir como piche azul-escuro.

Não sei se quero que você leia isso algum dia, mas sei que preciso escrever. Porque você não sai da minha cabeça há tempo demais. Desde aquele dia, um ano atrás, quando entrei em um avião e voei através de camadas densas de nuvens, atravessando o oceano. Um ano desde a última vez que vi você, um ano que me pareceu o limbo — desde então, estou mentindo para mim mesmo. E, agora que estou preso aqui, na segurança assustadora da América, enquanto nosso país se desfaz, estou farto de fingir que apaguei você da minha mente. Algumas coisas não podem ser apagadas com o silêncio. Algumas pessoas possuem esse poder em relação a outras, quer gostemos do fato ou não. Começo a enxergar isso agora. Algumas pessoas, alguns acontecimentos, fazem com que percamos a cabeça. São como guilhotinas, cortando vidas em duas partes: o morto e o vivo, o antes e o depois.

É melhor começar do início — ou, pelo menos, do que me parece ser o início. Percebo agora que nós nunca conversamos muito sobre nosso passado. Talvez algo teria mudado se nós tivéssemos feito isso, talvez teríamos entendido melhor um ao outro e tudo teria sido diferente. Quem sabe? De qualquer forma, é provável que nunca tenha lhe contado sobre Beniek. Ele veio mais de uma década antes de você. Eu tinha nove anos, e ele também.

1

EU O CONHECI DURANTE QUASE TODA A MINHA VIDA, Beniek. Ele morava virando nossa esquina, em nossa vizinhança em Wrocław, formada por ruas arredondadas e construções de três andares que, vistas do alto, formavam uma águia gigante, o símbolo de nossa nação. Havia cercas vivas e pátios amplos, com um pequeno jardim para cada apartamento, porões úmidos e frios, sótãos empoeirados. Nem vinte anos haviam se passado desde que nossas famílias tinham se mudado para viver lá. Nossas caixas de correio ainda diziam "*Briefe*", em alemão. Todos — as pessoas que moraram ali antes e aquelas que as substituíram — foram forçados a deixar suas casas. De um dia para o outro, as fronteiras do continente moveram-se, redesenhadas como as linhas de giz no asfalto das amarelinhas de que brincávamos. Ao final da guerra, o leste da Alemanha se tornou Polônia, e o leste da Polônia se tornou União Soviética. A família de vovó foi obrigada a abandonar suas terras nos arredores de Lwów. Os soviéticos tomaram suas casas e os arrastaram para os mesmos trens de gado que haviam trazido os judeus para os campos de concentração um ano ou dois antes disso. Eles foram parar em Wrocław, uma cidade habitada por alemães havia centenas de anos, em um apartamento que tinha acabado de ser abandonado por alguma família que jamais conheceríamos, os pratos deles ainda na pia, seus farelos de pão na mesa. Foi lá que eu cresci.

Era em calçadas largas, ladeadas por árvores e bancos, que todas as crianças da vizinhança brincavam juntas. Nós brincávamos de pega-pega e pulávamos corda com as garotas, corríamos pelos pátios, gritando, pulando nas barras duplas que pareciam traves de rúgbi, nas quais as mulheres penduravam os tapetes para bater. Éramos repreendidos pelos adultos e fugíamos. Nós éramos crianças sujas. No verão, nos lançávamos pelas ruas usando bermudas, meias na altura do joelho e suspensórios, e com casacos de lã finos quando o chão estava coberto de folhas no outono, e continuávamos a correr depois que a geada invadia o asfalto e o ar arranhava nossos pulmões, o hálito se transformando em nuvens diante de nossos olhos. Na primavera, no Dia de Śmigus-Dyngus, a gente jogava baldes e baldes d'água em qualquer garota que não fosse rápida o suficiente para fugir e, então, perseguíamos e ensopávamos uns aos outros, voltando para casa completamente encharcados. Aos domingos, a gente atirava pedrinhas nas garrafas de leite que estavam nos parapeitos mais altos, onde não poderiam ser roubadas, e depois fugia com medo genuíno quando uma delas quebrava e o leite lentamente escorria pelo prédio, correntes brancas, como lágrimas, escoando pelas fachadas cobertas de fuligem.

Beniek fazia parte daquele bando de crianças, um dos mais corajosos. Acho que nunca conversamos na época, mas eu tinha consciência da existência dele. Era mais alto do que a maioria de nós e, de alguma forma, mais sombrio, com cílios longos e um olhar rebelde. E ele era gentil. Uma vez, quando estávamos fugindo de um adulto depois de alguma travessura, há muito esquecida agora, tropecei e caí no cascalho afiado. Os outros me ultrapassaram, a poeira se erguendo à minha volta, e eu tentei me levantar. Meu joelho sangrava.

— Você está bem?

Beniek estava parado à minha frente, a mão esticada. Eu a alcancei e senti a força do corpo dele me colocar em pé.

— Obrigado — murmurei e, antes de sair correndo, ele me deu um sorriso encorajador. Eu o segui tão rápido quanto consegui, feliz, esquecendo-me da dor no joelho.

Um tempo depois, Beniek foi para uma outra escola, e eu parei de vê-lo. Mas nós dois nos encontramos de novo em nossa Primeira Comunhão.

A igreja da comunidade ficava a uma caminhadinha de nossa rua, depois do parquinho em que nunca íamos brincar por causa dos bêbados, e além do cemitério no qual minha mãe seria enterrada anos mais tarde. Íamos lá todo domingo, à igreja. Vovó dizia que tinha famílias que só compareciam nos feriados, ou que nunca iam, e eu sentia inveja das crianças que não precisavam estar lá com a mesma frequência que eu.

Quando as aulas para a Primeira Comunhão começaram, todos nós nos encontrávamos duas vezes por semana na cripta. As lições eram ministradas pelo padre Klaszewski, um pároco atarracado e velho, mas ágil, cujos olhos azuis já tinham quase perdido a cor. Na maior parte do tempo ele era paciente, as mãos descansando em sua batina preta enquanto falava, uma segurando a outra e nos observando com seus olhos miúdos e desbotados. Às vezes, no entanto, diante de alguma estupidez insignificante, como quando conversávamos ou fazíamos caretas uns para os outros, ele explodia e agarrava alguém pela orelha, seus critérios aparentemente aleatórios, o polegar e o indicador quentes apertando com força o lóbulo, rasgando, até que nossa visão escurecia e enxergássemos estrelas. Isso quase nunca acontecia em reação aos comportamentos mais graves. Era como uma arma arbitrária, tornada mais assustadora por seu aspecto aleatório e imprevisível, como a ira de um deus irracional.

Foi então que tornei a encontrar Beniek. Fiquei surpreso por ele estar ali, porque nunca o tinha visto na igreja. Ele tinha mudado. A criança magricela de que eu me lembrava começava a se tornar um homem — ou foi o que pensei — e, embora só tivéssemos nove anos, já era possível ver a masculinidade germinando dentro ele: um pescoço forte com um espaço reservado para o pomo de adão; pernas longas e firmes que se projetavam de sua bermuda quando nos sentávamos em círculo na sala do padre; músculos visíveis sob a pele; pelos finos aparecendo acima de seus joelhos. Ele ainda tinha o mesmo cabelo indomável, cacheado e preto; e os mesmos olhos, escuros e suavemente ardilosos. Acho que nós dois reconhecemos um ao outro, apesar de não termos falado nada a respeito. Mas, depois dos primeiros encontros, começamos a conversar. Não me recordo a respeito de quê. Como é que, sendo uma criança, se cria laços com outra criança? Talvez seja simplesmente por meio de interesses em comum. Ou talvez seja alguma coisa mais profunda, para a qual tudo que se diz e faz é um código inconsciente. Mas o que importa é que nos demos bem. De modo espontâneo. E, depois dos estudos religiosos, que aconteciam nas tardes de terças e quintas, tomávamos o bonde até o centro da cidade, passando pelo zoológico e seu leão de néon empoleirado nos portões de entrada, pelo Salão do Centenário abobadado, construído pelos alemães para marcar o aniversário de algo que ninguém se dava ao trabalho de lembrar. Cruzávamos as pontes de ferro por cima do rio Odra, que era calmo e marrom. Havia muitos terrenos vazios no caminho, a cidade como uma boca com dentes faltando. Alguns quarteirões tinham um único prédio, sujo de fuligem e isolado, completamente só, uma ilha suja em um mar preto.

Não contávamos a ninguém sobre nossas fugas — nossos pais não teriam permitido. Minha mãe ficaria preocupada: com os veteranos de rostos vermelhos que vendiam bugigangas na feira da praça, seus membros decepados expostos; com "pervertidos" — a palavra saía dos lábios dela como uma cobra de duas caudas, perigosa e empolgante. Então, fugíamos sem dizer nada e imaginávamos ser piratas, passeando pela cidade sozinhos. A companhia dele fazia com que eu me sentisse, ao mesmo tempo, livre e protegido. Visitávamos os quiosques e corríamos os dedos pelas páginas amplas e suaves das revistas caras, apontando coisas que mal éramos capazes de compreender — monges asiáticos, tribais africanos, mexicanos que praticavam *cliff diving* — e nos maravilhando com a pura imensidão do mundo e das cores que brilhavam sob o preto e branco das páginas.

Começamos a nos encontrar em outros dias também, depois da escola. Na maioria das vezes, íamos ao meu apartamento. Enquanto minha mãe trabalhava, a gente jogava cartas no chão do meu quarto minúsculo, da largura de um aquecedor, e a vovó aparecia para nos trazer leite e pão polvilhado com açúcar. Só fomos à casa dele uma vez. A escadaria do prédio era igual à nossa, úmida e escura, mas, de algum jeito, parecia mais fria e mais suja. No interior, o apartamento era diferente — havia mais livros e nenhuma cruz à vista. Ficamos sentados no quarto de Beniek, que era do mesmo tamanho do meu, e ouvimos discos que ele tinha recebido de parentes que moravam fora. Foi lá que ouvi os Beatles pela primeira vez, cantando "Help!" e "I Want to Hold Your Hand", me arremessando no mesmo instante para um mundo que amei. O pai dele estava sentado no sofá da sala de estar, lendo um livro, vestindo uma camisa branca que era a coisa mais luminosa que eu já tinha visto. Ele era calado e de voz mansa, e eu invejei Beniek. Invejei-o porque nunca tive um pai de verdade, já que o meu havia ido embora quando eu ainda era pequeno e, desde então, não se incomodara em tentar me ver com muita frequência. Da mãe dele, só me lembro vagamente. Ela preparou peixe grelhado e nós nos sentamos juntos à mesa da cozinha, a carne salgada e seca, a espinha cutucando minhas bochechas por dentro. O cabelo dela também era preto e, embora seus olhos fossem iguais aos de Beniek, pareciam estranhamente ausentes quando ela sorria. Mesmo naquela época, achei estranho que eu, uma criança, sentisse pena de um adulto.

Certa noite, quando minha mãe voltou do trabalho, perguntei a ela se Beniek poderia vir morar com a gente. Queria que ele fosse como meu irmão, estivesse sempre perto de mim. Minha mãe se despiu do comprido casaco e o pendurou no gancho ao lado da porta. Pelo seu rosto, eu sabia que ela não estava de bom humor.

— Sabe, Beniek é diferente de nós — disse, com um tom de desdém. — Não daria para ele ser parte da família de verdade.

— Como assim? — perguntei, perplexo.

A vovó apareceu na porta da cozinha, segurando um trapo.

— Deixe disso, Gosia. Beniek é um bom garoto e está fazendo Primeira Comunhão. Agora, venham, vocês dois, a comida está esfriando.

*

Em uma tarde de sábado, Beniek e eu brincávamos de pega-pega no espaço do lado de fora do prédio com algumas outras crianças da vizinhança. Lembro-me de ser um dia quente e úmido, com o sol apenas espreitando por entre as nuvens. Nós brincamos e corremos, movidos pelo calor crescente no ar, nos sentindo protegidos sob a copa das castanheiras. Estávamos tão envolvidos em nossa brincadeira que mal notamos o céu escurecer e a chuva começar a cair. A umidade tornou o asfalto preto, e nós desfrutamos dela depois de um dia abrasador, os cabelos grudados no rosto como algas marinhas. Lembro-me vividamente de Beniek desse jeito, correndo, apenas pensando na brincadeira, alegre, completamente livre. Quando ficamos exaustos e a chuva tinha ensopado nossas roupas, fomos às pressas para meu apartamento. A vovó estava na janela, nos chamando, gritando que pegaríamos um resfriado. Depois que entramos, ela nos levou ao banheiro e nos fez tirar todas as peças de roupa e nos secar. Eu tinha consciência do desejo de ver Beniek nu, surpreso pela rapidez dessa vontade, e meu coração saltou quando ele se despiu. Seu corpo era sólido e repleto de mistérios, branco, plano e forte, como o de um homem (ou foi o que pensei). Seus mamilos eram maiores e mais escuros do que os meus; seu pênis também era maior, mais comprido. Mas o mais confuso de tudo é que era pelado na ponta, como as nozes de carvalho com que brincávamos no outono. Eu nunca tinha visto o de outra pessoa, e me perguntei se tinha algo errado com o meu, se fora isso o que minha mãe quisera dizer quando tinha mencionado que Beniek era diferente. De uma maneira ou de outra, a diferença suscitou algo em mim. Depois de nos secarmos, a vovó nos enrolou em cobertores enormes; eu me senti como se tivéssemos retornado de uma jornada em uma terra extraordinária.

— Venham para a cozinha! — chamou ela, com uma alegria atípica.

Nós nos sentamos à mesa e tomamos chá preto quente com *waffles*. Não me lembro de nada ter um sabor tão bom. Eu estava intoxicado. Algo formigava dentro de mim, como uma dor difusa.

*

Nossa excursão da Primeira Comunhão chegou. Seguimos para o Norte, em direção a Sopot. Era um início de verão do tipo que apaga quaisquer lembranças de outras estações, no qual a luz e o calor nos agarram e nos entregam ao absoluto, para sermos devorados. A gente viajou de ônibus, mais ou menos quarenta crianças, até um centro de lazer isolado, próximo de uma floresta, além da qual ficava o mar. Eu dividi um quarto com Beniek e dois outros garotos, dormindo em beliches, eu acima dele. Nós fizemos passeios, cantamos e rezamos. Participamos de atividades bíblicas, organizadas pelo padre Klaszewski. Visitamos uma antiga capela de madeira na floresta, escondida entre arvoredos de pinheiros, e fizemos orações com terços, como um exército de anjos obedientes.

Durante as tardes, ficávamos livres. Beniek, eu e alguns outros garotos íamos até a praia e nadávamos no frio e turbulento Báltico. Depois, eu e ele nos secávamos e deixávamos os outros para trás. Escalávamos as dunas da praia e percorríamos a paisagem lunar até que encontramos um ponto perfeito: alto e escondido como a cratera de um vulcão dormente. Ali, nos aconchegávamos como cegonhas depois de cruzar os mares e adormecíamos, o vento gentil de verão em nossas costas.

Na última noite de nossa estadia, os supervisores organizaram um baile para a gente, uma celebração da cerimônia que se aproximava. A cantina foi transformada em uma espécie de discoteca. Havia *kompot* açucarado de frutas, palitinhos salgados e música tocando em um rádio. A princípio, estávamos todos tímidos, nos sentindo forçados em direção à idade adulta. Os garotos, de bermudas e meias nos joelhos, ficaram de um lado do salão, e, do outro, as garotas com suas saias e blusas brancas. Depois que pediram que um garoto dançasse com a própria irmã, começamos todos a nos aproximar da pista de dança, alguns em pares, outros em grupos, pulando e balançando o corpo, empolgados com a bebida, a música e a compreensão de que tudo aquilo era mesmo para nós.

Beniek e eu estávamos dançando em um grupo meio espalhado com os garotos de nosso quarto quando, sem aviso algum, as luzes foram apagadas. A noite já tinha caído do lado de fora e, agora, invadia o salão. As garotas soltaram gritos agudos e a música continuou. Senti-me exultante, intoxicado de repente com as possibilidades da escuridão, e alguma barreira desconhecida se retraiu em minha mente. Eu enxergava a silhueta de Beniek perto de mim, e a necessidade de beijá-lo esgueirou-se para fora da noite como um lobo. Foi a primeira vez que, conscientemente, tive a vontade de trazer uma pessoa para junto de mim. O desejo me alcançou, como uma mensagem nítida, vinda de um lugar profundo dentro de mim, um lugar cuja existência eu nunca havia sentido, mas que reconheci de imediato. Eu me movi na direção dele, em transe. Seu corpo não mostrou resistência quando o puxei contra o meu e o abracei, sentindo a solidez de seus ossos, meu rosto pressionado no dele, o calor de sua respiração. Foi aí que as luzes foram acesas de novo. Nós encaramos um ao outro com o rosto cheio de medo, cientes das pessoas ao nosso redor, olhando em nossa direção. Nos afastamos. E, apesar de termos continuado a dançar, eu já não ouvia a música. Fui transportado para uma visão da minha vida, algo que me deixou tão desorientado que minha cabeça começou a girar. A vergonha, pesada e viva, havia se materializado, nascida de medos e desejos sufocados.

Naquela noite, fiquei deitado no escuro em minha cama, acima de Beniek, e tentei examinar essa vergonha. Era como um novo órgão que havia acabado de surgir, monstruoso, pulsante e, subitamente, parte de mim. Não passou pela minha mente que Beniek poderia estar pensando o mesmo. Teria sido impossível para mim acreditar que qualquer outra pessoa pudesse estar na minha posição. Repassei aquele momento em minha cabeça inúmeras vezes, assisti a mim mesmo puxando-o para perto, minha cabeça se revirando no travesseiro, tentando fazer com que a lembrança desaparecesse. Estava quase amanhecendo quando o sono enfim me trouxe alívio.

Na manhã seguinte, tiramos os lençóis das camas e arrumamos nossos pertences. Os garotos estavam empolgados, falando do baile, das garotas mais bonitas, de nossas casas e de comida de verdade.

— Mal posso esperar para comer uma omelete de quatro ovos — falou um menino gorducho.

Outro fez uma careta para ele e disse:

— Seu porco-espinho esfomeado!

Todos riram, inclusive Beniek, a boca dele escancarada, todos os dentes à mostra. Eu conseguia enxergar até suas amígdalas, balançando no fundo da garganta, movendo-se no ritmo daquela gargalhada. E, apesar da onda generalizada de alegria comunal, não fui capaz de me juntar a ela. Era como se houvesse uma parede me separando dos outros garotos, uma parede que eu nunca tinha visto, mas que, agora, era nítida e irreversível. Beniek tentou fazer contato visual comigo e eu virei o rosto, tomado pela vergonha. Quando chegamos a Wrocław e nossos pais nos buscaram, senti que estava voltando uma pessoa diferente e pútrida, que jamais conseguiria voltar a ser quem um dia fora.

Na semana seguinte, a gente não ia mais ter aulas de estudos religiosos, e minha mãe e vovó terminaram de costurar minha túnica branca para a cerimônia. Pouco depois, passaram a cozinhar e cuidar dos preparativos para receberem nossos parentes. Havia empolgação na casa, e eu não compartilhava de nenhuma fração dela. Beniek era um lembrete de que eu havia libertado algo terrível no mundo, algo precioso e perigoso. Ainda assim, eu queria vê-lo. Não tive coragem de ir até a casa dele, mas fiquei atento a qualquer batida em minha porta, torcendo para que ele aparecesse. Não foi o que aconteceu. Em vez disso, o dia da Primeira Comunhão chegou. Eu mal consegui dormir na noite anterior, sabendo que voltaria a encontrá-lo. De manhã, me levantei e lavei o rosto com água fria. Fazia um dia ensolarado, naquela única semana de verão em que bolinhas brancas e macias de sementes voam pelas ruas e cobrem o asfalto, quando a luz da manhã é fulgurante, quase chegando a cegar. Eu vesti a túnica branca de gola alta que ia até meus tornozelos. Era difícil me mexer usando aquilo. Eu precisava manter a postura alinhada e séria, como um monge. Nós chegamos cedo à igreja e eu subi os degraus, de onde conseguia enxergar a rua. Famílias passavam apressadas ao meu lado, garotas em suas túnicas de renda branca e com grinaldas floridas na cabeça. O padre Klaszewski estava lá, usando uma batina comprida, com mangas vermelhas e fios dourados, falando com pais empolgados. Todos estavam ali, menos Beniek. Fiquei de pé, procurando por ele na multidão. Os sinos da igreja começaram a tocar, anunciando o início da cerimônia, e meu estômago parecia oco.

— Vamos, querido — falou vovó, me puxando pelo ombro. — Vai começar.

— Mas o Beniek...

— Ele deve estar lá dentro — cortou ela, a voz séria.

Eu sabia que era uma mentira. Ela me puxou pela mão e eu não resisti.

Fazia frio dentro da igreja, e o órgão começou a tocar enquanto a vovó me levava até Halina, uma garota impassível, que usava luvas rendadas e tranças grossas. Juntos, atravessamos o corredor de mãos dadas, uma procissão de casais, garotinhos e garotinhas em pares, vestidos inteiramente de branco. O padre Klaszewski foi até a frente e falou de nossas almas, de nossa inocência e do início de uma jornada com Deus. O cheiro denso e forte do incenso fez minha cabeça girar. Com o canto do olho, eu via os bancos abarrotados de famílias, e encontrei a vovó com as irmãs dela e minha mãe, olhando para mim com orgulho tenso. A mão de Halina estava quente e suada contra a minha, como um animalzinho. E, ainda, nada de Beniek. O padre Klaszewski abriu o tabernáculo e retirou uma tigela prateada cheia de hóstias. A música passou a soar como uma tempestade, o órgão alto e lamurioso e, um por um, garoto e garota subiam os degraus até ele e ficavam de joelhos enquanto hóstias eram colocadas dentro de nossa boca, em nossa língua; e, um por um, nos afastávamos e saíamos da igreja. A fila à minha frente diminuía e diminuía, e logo chegou minha vez. Ajoelhei-me no tapete vermelho. Os dedos velhos do padre depositaram aquela lasca em minha língua, seco encontrando molhado. Fiquei de pé e saí até a luz ofuscante do sol, confuso e com medo, engolindo a mistura amarga em minha boca.

No dia seguinte, fui até a casa de Beniek e bati à porta com a mão trêmula, as palmas suando além de meu controle. Um instante depois, ouvi passos do outro lado e, então, a porta foi aberta, mostrando uma mulher que eu nunca tinha visto.

— O que foi? — perguntou ela, ríspida. A mulher era grande e seu rosto tinha a aparência de papel cinza amassado. Um cigarro pendia de sua boca.

Perplexo, eu perguntei, minha voz ciente da própria futilidade, se Beniek estava ali. A mulher tirou o cigarro da boca.

— Não está vendo o nome na porta? — Ela cutucou o quadradinho ao lado da campainha. "KOWALSKI", dizia, em letras maiúsculas. — Aqueles judeus não moram mais aqui. Entendeu? — Sua voz soava como se estivesse repreendendo um cachorro. — Agora, não nos incomode nunca mais, ou meu marido vai te dar uma coça que você não vai mais esquecer.

Então ela fechou a porta na minha cara.

Fiquei parado ali, atônito. Subi e desci as escadas correndo, procurando pelos Eisensztein nas portas vizinhas, tocando as outras campainhas, perguntando-me se estaria no prédio errado.

— Eles foram embora — sussurrou uma voz pela fresta de uma porta. Era uma mulher que eu conhecia da igreja.

— Para onde? — perguntei, meu desespero suspenso por um instante.

Ela deu uma olhada ao redor da base da escadaria, como se quisesse ver se alguém estava escutando.

— Israel.

A palavra saiu em um sussurro e não significou nada para mim, embora o som vibrado e agourento ainda fosse perturbador.

— Quando eles vão voltar?

As mãos agarradas à porta, a mulher balançou a cabeça de um lado para o outro, devagar.

— É melhor achar outra pessoa para brincar, pequeno.

Assim, ela acenou com a cabeça e fechou a porta.

Parado no silêncio da escadaria, senti o terror navegar a partir de meu umbigo, comprimindo minha garganta, beliscando meus olhos. Lágrimas começaram a deslizar por meu rosto como manteiga derretida. Por um bom tempo, o calor delas foi tudo o que consegui sentir.

*

Você já teve alguém assim? Alguém que amou em vão quando era mais novo? Já sentiu algo parecido com minha vergonha? Eu sempre presumi que sim, que não é possível que tenha passado pela vida tão despreocupadamente como insinuou. Mas, agora, começo a pensar que nem todos sofrem da mesma maneira; que, na verdade, nem todos sofrem. Não pelas mesmas coisas, pelo menos. E, de certo modo, foi isso que fez de nós, você e eu, algo possível.

2

NÓS ESTÁVAMOS JUNTOS NAQUELE ÔNIBUS. VARSÓVIA, 1980. O tempo estava ameno, o início de junho, o verão depois de nossas provas finais na universidade. E, embora estivéssemos no mesmo ano no decorrer de nossos estudos, a gente não se conhecia. Você nunca comparecia a aulas ou palestras, nunca precisou. Portanto, poderíamos muito bem nunca ter nos encontrado.

O ônibus estava parado, esperando que mais pessoas chegassem. Eu me sentava ao lado da janela, as cortinas de lã laranja fechadas para bloquear o sol, relendo *Quo Vadis*. Eu não ligava tanto para a parte religiosa, mas gostava da história de amor, das reviravoltas heroicas, da valentia da oposição. Era assim que eu vivia naquela época: por meio de livros. Trancava-me nas histórias, sonhava com os personagens à noite, fingia ser eles. Livros eram minha armadura contra a austeridade do mundo real. Eu os levava comigo aonde quer que fosse, como um talismã em meu bolso, considerava-os quase mais reais do que as pessoas ao meu redor, que falavam e viviam em negação, destinadas, pensava eu, a nunca consumarem nada digno de ser relatado.

Puxei a cortina e me encarei no reflexo da janela. Havia dias em que eu gostava do que via — o nariz comprido e curvado, os olhos amendoados. Mas, em grande parte do tempo, não era assim. Eu sentia um ressentimento vago em relação a mim mesmo, uma alienação em relação ao meu corpo de vinte e dois anos.

O ônibus estava ficando cheio; a atmosfera, eufórica, contaminada pela perspectiva do verão. O assento ao meu lado ficou vazio até que Karolina apareceu e jogou-se nele, o sorriso largo denotando sua variedade pessoal de sarcasmo.

— Pronto para ser transformado em um camponês? — perguntou ela.

Pousei o livro em meu colo.

— Mal posso esperar — respondi, tentando parecer impassível.

Karolina riu, jogando a cabeça para trás.

— E eu mal posso esperar para te ver naqueles campos.

Àquela altura o ônibus estava quase lotado; o motorista subiu, um cigarro grudado nos lábios, e lá fomos nós. Vibramos no ritmo do motor retinindo. Um raio de sol passou por meu rosto e, do lado de fora, o pináculo do símbolo da cidade — o Palácio da Cultura de Stálin — parecia tão alto no céu de um azul-claro que o observar fazia o pescoço doer. Eu me sentia estranhamente animado. Sempre gostara de ir embora de algum lugar, a extensão entre a partida e a chegada, durante a qual a sensação é de não se estar em local algum, um trecho delimitado por outro tipo de tempo. Aquela jornada me fazia recordar da viagem que eu tinha feito quatro anos antes: o dia em que peguei o trem para Varsóvia sozinho pela primeira vez, para vir à capital, para deixar meu antigo eu no passado. Eu estava na plataforma com a vovó, duas malas grandes ao nosso lado, um lenço na mão enluvada dela secando com leveza os olhos embaciados. Ela não queria que eu fosse, mas não falou nada. Eu tinha dezoito anos e ansiava por ir embora. Beijei-a com pressa e entrei no trem, sentindo-me egoísta por a estar deixando para trás enquanto arrastava as malas até meu compartimento e passava por soldados que fumavam debruçados na janela do corredor estreito. Acomodei-me entre homens de ternos surrados e mulheres usando chapéus, bebendo chá de garrafas e descascando maçãs, comendo ovos cozidos enrolados em lenços de renda branca, como se fossem bebês batizados. O trem havia partido e eu, caído em um estado de calmaria, deixava no passado povoados emaranhados em florestas a toda velocidade. Egoísta. É tudo o que significa crescer e tornar-se quem se é.

*

Nosso ônibus foi rumo a uma ponte para cruzar o Wisła. As árvores eram de um verde límpido e as margens do rio estavam repletas delas, parecendo uma cabeça coberta de cachos densos. O aroma de tílias e lilases permeava o ar, doce, colorido e intoxicante, engolfando a cidade. As orlas arenosas estavam desertas, conferindo à paisagem uma aparência selvagem. Se não fossem pelos topos cinzentos dos blocos de prédios logo atrás da camada de árvores, seria como se nenhum humano jamais tivesse vivido ali.

Voltei-me para Karolina. Ela estava fumando, seus lábios carnudos tingidos de vermelho-coral e deixando uma marca na ponta do cigarro. Não me lembro de um dia a ter visto sem aquele batom, tampouco sem a franja de tom loiro-escuro que emoldurava seus olhos indomáveis.

— Você está bem? — perguntou ela, inclinando a cabeça.

Fiz que sim e não consegui conter um sorriso. Estava feliz por tê-la comigo. Tínhamos nos conhecido no primeiro ano e, desde então, ela havia se tornado uma irmã para mim. Foi ela quem tinha me ensinado metade de tudo que eu me importava em saber. Karolina era dona de uma pilha de livros ilícitos, os quais líamos e discutíamos juntos. Ela me apresentou a Simone de Beauvoir e Miłosz, aos poemas de Szymborska e aos relatos de viagens de Kapuściński. De vez em quando, comparava nosso país à Etiópia de Haile Selassie, declarando que precisávamos de uma revolução semelhante. Eu admirava a coragem dela de dizer o que pensava.

— Me *poupe* — dizia Karolina, franzindo as sobrancelhas, sempre que eu questionava se não tinha medo de se expressar.

Minha mãe e vovó sempre me instigaram com histórias de terror sobre antigos conhecidos que desapareceram por conta de um comentário crítico.

— Stálin já está morto há tempos — argumentava ela. — Nós sabemos que o sistema é uma farsa, *eles* sabem que é uma farsa. E a gente não está na Alemanha Oriental, graças a Deus. Aqui, eles são sonâmbulos.

A área rural começava a aparecer e nós seguíamos aos solavancos pelas estradas, passando por campos vastos, florestas de bétulas, trechos intermináveis de pinheiros e cidadezinhas exauridas com campanários de igrejas se projetando no céu. Não sei se Karolina sabia de mim — acho que suspeitava. Mas ela nunca me pressionou, nunca me confrontou, e sempre lhe fui grato por isso. É o tipo de sutileza que eu mesmo não sei dizer se teria, caso nossas posições fossem invertidas. Ela chegou perto de ultrapassar os limites em apenas uma ocasião. Foi mais ou menos um mês antes do acampamento, depois de uma apresentação no Teatro Nacional — fomos assistir a *Tango*, de Mrożek. Estávamos a fim de beber uma e ela me levou a um bar singelo, escondido em uma rua secundária estreita da Cidade Velha. Disse que era o lugar que os atores frequentavam. O estabelecimento estava repleto de fumaça e silhuetas escuras animadas, espalhando-se até a calçada. Era o início do verão. Eu percebi o que muitos daqueles homens eram, mas, a princípio, não queria que fosse verdade. Havia certa exuberância neles que perturbou meu cerne. Eram as vozes afetadas, os "querido" que recheavam suas frases, seus olhos rápidos e vorazes, o movimento de seus quadris acompanhando enquanto Donna Summer gemia "I Feel Love", sobreposta à batidas elétricas hipnotizantes, uma música que eu havia amado e que, agora, censurava a mim mesmo por um dia já ter gostado. Com um único olhar furtivo lançado para mim, senti-me transparente. Karolina não pareceu notar nada estranho — também havia mulheres ali, relaxadas, astutas e escandalosas. Olhei-a de soslaio, me perguntando se ela realmente estava alheia à situação ou apenas fingindo. Eu queria ir embora no mesmo momento, queria parar de reparar, parar de procurar por um rosto que eu desejaria e jamais poderia ter, mas Karolina pediu bebidas para nós dois e eu consegui ficar, conversar e manter os olhos nela quase o tempo todo. Quando nossas cervejas estavam quase no fim, já me sentindo inquieto e irritado, perguntei por que minha amiga havia me levado até ali. Ela agiu despreocupada, como sempre. Disse que um amigo recomendara o local.

— Qual amigo? — perguntei.

Ela fez uma expressão de quem estava pensando.

— Você não deve conhecer.

Eu acenei com a cabeça e sorri, irônico.

— Certo. Podemos ir embora agora?

O rosto dela permaneceu impassível, como se não tivesse me escutado. Ela bebeu o restante da cerveja em uma só golada, colocou o dinheiro no balcão e se ergueu da banqueta.

— Deixa só eu ir no banheiro.

Ela se afastou e eu fiquei sozinho na multidão, me sentindo completamente indefeso, uma criança constrangida em meio a prazeres que não tinha permissão de tocar. Não, era ainda pior do que isso. Ao meu lado, dois homens velhos usando ternos, que tinham nos encarado, falavam em vozes empolgadas.

— Sabe, querido — disse um deles ao amigo, em um sussurro teatral, usando uma gola de pele em torno da lapela de seu paletó, aparentando estar bêbado —, você precisa ler aquele Baldwin inédito de que te falei. Me levou às lágrimas. Se aquilo não te fizer acordar, nada vai.

O outro — muito magro — concordou com a cabeça.

— Você vai trazer para mim, não é, querido?

— Vou, mas você precisa ter cuidado com ele, sabe que o exemplar não é nem meu, é dela — explicou, e apontou para um homem de camisa de seda branca do outro lado do bar, absorto em uma conversa com alguém que parecia ser um dos atores da peça a que tínhamos assistido, um garoto bonito com cabelo loiro ondulado, de nariz pequeno e arrebitado.

Depois disso, Karolina voltou do banheiro e fomos embora. Eu estava determinado a não levar comigo nada daquele lugar, nem uma memória sequer, nem uma única conclusão. Mas, assim como pedras atiradas para cima com toda a força, pedaços daquela noite — os garotos e os homens que os desejavam, os flertes, os códigos de sedução sobre os quais eu só conseguia conjeturar — voltaram até mim com ainda mais intensidade do que quando eu os vivi. A lei da gravidade também se aplica a memórias. E, um dia, sentado na biblioteca tentando estudar, tentando desanuviar a mente, me lembrei do livro. Encontrei o nome do autor em um catálogo do departamento de literatura estrangeira. Baldwin. James. Havia uma lista de seus trabalhos, e somente um deles não tinha nenhuma tradução oficial: *O quarto de Giovanni*. Tinha de ser aquele, pensei. Fechei o catálogo, tentei esquecer aquilo. Mas o título não me deixava em paz, me provocando como um dente mole. Saí em busca dele. E, depois de semanas de procura, semanas de perguntas a funcionários de lojas com expressões suspeitas, que me diziam que aquele livro não existia, que nunca fora traduzido, eu dei sorte. Faltavam apenas alguns dias para o acampamento e foi em uma minúscula livraria *antykwariat* especializada em arte e história, cujo dono era um homem que poderia ser amigo daqueles que frequentavam o bar, que o encontrei. O dono me lançou um olhar significativo, quase divertido, então se retirou para os fundos e voltou com um embrulho em papel pardo farfalhante.

Quando chegou a hora de fazer as malas para o acampamento, arranquei a capa e colei as páginas com cuidado dentro de outro livro, enterrando-o bem no fundo de minha mala.

*

Nosso ônibus chegou ao destino no fim da tarde, quando o sol estava perdendo força, mas ainda não começara a se pôr. O acampamento ficava bem ao lado de um vilarejo rodeado por cercas de madeira baixas, que fazia fronteira com um riozinho em um dos lados. O ônibus parou em frente ao prédio principal, um amplo bangalô de concreto com um relógio na fachada e um conjunto de bandeiras (branco e vermelho, martelo e foice) pendendo com flacidez na frente. Um homem uniformizado, baixo e robusto, nos observou com olhos miúdos e atentos ao sairmos do ônibus, levemente zonzos, abalados pela viagem.

— Sou o camarada dirigente Belka — apresentou-se ele, a voz retumbante, ordenando-nos a formar uma fileira à sua frente. Havia uma nota de soberba em seu tom e, ao mesmo tempo, algo exausto e raivoso em sua conduta. Era a mesma raiva e cansaço que eu já tinha observado em meus professores na escola, aqueles que se empenhavam para acreditar no sistema e, ainda assim, puniam outros por fazerem o mesmo. — Bem-vindos ao acampamento de educação trabalhista — continuou, em tom exclamativo, caminhando de uma ponta à outra da fileira que havíamos formado. — Eu os parabenizo por terem se inscrito para esta importante função.

Nossos rostos permaneceram impassíveis, mas era impossível que a ironia das palavras dele tivesse passado batida por algum de nós. O acampamento era obrigatório — ninguém poderia se graduar sem antes participar. O dirigente deu continuidade ao discurso, exaltando a importância do serviço agrícola, o papel das classes trabalhadoras em nossa luta socialista, e o dever, mesmo para "intelectuais" (ele falou a palavra com uma careta), de contribuir com os esforços de nossa pátria. A obediência é fundamental, disse ele.

Era a mesma ladainha que ouvimos durante toda a vida, com graus variados de convicção. Então virei a cabeça e observei a fila, tentando encontrar Karolina, mas, em vez disso, meus olhos pousaram sobre você. Era a primeira vez que o via — pelo menos, de maneira consciente. Ainda assim, me senti estranhamente aliviado, como se tivesse reconhecido alguém. Você era tão alto quanto eu, de ombros largos, e seus olhos eram claros, contrastando com o cabelo escuro. Você estava olhando para Belka, concentrado, e eu, vulnerável e esquecendo a cautela, me permiti um momento para absorver sua figura. Como se por instinto, como um animal de repente ciente de estar sendo observado, você se virou na minha direção e, antes que eu pudesse desviar o rosto, nossos olhos se encontraram, se prenderam em inércia por um instante infinito. Uma pontada de calor correu de minha barriga até as bochechas, meus pensamentos emaranhados como um novelo de barbante. Virei a cabeça o mais rápido que pude. E, durante o restante do discurso, olhei direto para o camarada dirigente, minha mente lutando para recuperar o autocontrole, tropeçando em si mesma.

Quando Belka terminou, tiramos nossas malas do ônibus e fomos alocados em diversas cabanas de madeira espalhadas pelo terreno do acampamento. Eu fiquei em uma com outros três caras: Wojtek, Darek e Filip. Eram garotos legais, curiosamente imaturos e inocentes. Nós dividimos dois beliches, uma mesa e duas cadeiras. Para o jantar fomos até a cantina, que era servida por um exército de mulheres usando aventais e toucas de papel murchas, paradas em pé atrás do balcão como se alguém as tivesse largado lá havia muitos anos. Uma moça grande, de rosto imóvel, servia a sopa de tomate com arroz, ao passo que uma outra, esta de aparência atemporal e pele avermelhada, servia purê de beterraba e batatas. Sentei-me com Karolina e os garotos da minha cabana. Eles conversavam com facilidade, brincando e fazendo piadas. Mas eu não estava presente, de fato. Fiquei correndo os olhos pela cantina, pelas longas mesas, em meio à cacofonia de vozes e ao tilintar de talheres, até que o encontrei: sentado a uma mesa no outro canto do salão, conversando com toda a concentração com uma garota, seu rosto voltado na direção dela. Sob a luz branca gritante da cantina, seu cabelo preto brilhava, e havia algo peculiarmente incisivo em você, alguma coisa leve e, mesmo assim, obstinada em seus olhos que acendeu em mim, ao mesmo tempo, uma centelha de inveja e desejo. Era como se, já naquele momento, sua presença me subjugasse, como uma profecia que eu não era capaz de ler.

Naquela noite, fiquei deitado na cama, desperto, os outros garotos dormindo profundamente ao meu redor, o luar fluindo pela fresta semiaberta da cortina. Lembranças nítidas batiam à porta de minha consciência e o que veio a mim foi um antigo pesadelo, um com o qual convivi bastante na infância, que me acometia com uma frequência cruel, antes e depois da partida de Beniek.

No sonho, eu me via em um campo sem fim, coberto de vegetação. Tudo estava imóvel, como se petrificado, e um silêncio opressor dominava o local. Não havia ninguém — não apenas perto de mim ou no alcance de minha audição, mas em todos os cantos. Na lógica inexplicável dos sonhos, eu tinha certeza de que estava sozinho naquele mundo, o último membro de uma raça abandonada. Olhando ao redor, eu começava a enxergar pedras retangulares estendendo-se em meio à grama. Eram lisas e limpas e eu sabia que se tratavam de lápides. Elas me observavam. Sua imobilidade fazia meu coração acelerar, apavorado. Estar parado ali era como uma queda sem fim. De maneira inegável, tudo parecia muito real, não como um sonho, mas sim uma premonição. Ao acordar, eu me sentiria violado. Do lado de fora, na escuridão da noite, o galho de uma castanheira balançava com o vento e arranhava minha janela, como um monstro exigindo acesso; sem pensar, eu pularia da cama e, atravessando na ponta dos pés o piso de madeira frio, iria até o quarto de minha mãe. Nós dormíamos juntos, ela me envolvendo por trás com os braços em torno de minha barriga, seu hálito morno estagnado sobre minha cabeça, nossas respirações em uníssono, pequena e grande, inspirando e expirando até amanhecer, quando a escuridão desaparecia e a vovó vinha nos cutucar, ralhando com a gente enquanto tirávamos ramela dos cantos dos olhos.

— Não é certo, vocês dois, tão próximos — disse ela, certa vez, ao nos acordar. — O que vai ser de um homem que dorme na mesma cama que sua mãe solitária? — A voz dela assumiu um tom áspero, vindo diretamente da garganta rouca.

— Mama, ele teve um pesadelo. E ele não é um homem. Ainda não passa de uma criança — respondeu minha mãe, erguendo-se e tirando as mãos de mim.

A expressão de minha avó continuou amarga.

— Ele está crescendo, Małgosia, mesmo que você pense que ainda é um menino. E sem um homem na casa para ensinar a ele como agir, nessa casa de *babas*, quem sabe que tipo de homem frágil o garoto vai se tornar?

— Será que você poderia não fazer tudo girar em torno de homens? — exclamou minha mãe.

— Eu não sou frágil! — gritei, ficando em pé na cama. — E a mamãe não precisa de outro homem. Eu posso cuidar dela.

— E quando você for embora e se casar com outra pessoa? — perguntou a vovó, a voz tornando-se estridente e cruel, como se imitasse a minha. — O que a mamãe vai fazer, hein? Vai ficar sozinha no mundo?

— Eu nunca vou me casar — respondi. — Nunca. Não vou abandonar a mamãe.

— Está vendo só? — indagou a vovó, olhando para minha mãe. — Vê em que está transformando o garoto? É anormal.

— Não sou anormal! — berrei, desmoronando na cama e cerrando os punhos no edredom de minha mãe.

A vergonha latejava por trás dessas palavras, uma cobra rastejando ao meu lado, sob um cobertor de folhas. Em algumas noites, quando já era tarde e a vontade indesejada e crescente me impedia de dormir, eu cedia à correnteza. Deixava que as fantasias escondidas me carregassem, dava ouvidos a seus murmúrios, falando de garotos e do corpo deles, as formas sólidas de sua brancura, o cheiro de suor, corpo e pele. Momentos das aulas de educação física surgiam em minha mente: coxas em bermudas e axilas em camisetas sem manga; Henryk, o menino mais forte da sala, nas argolas de ginástica envoltas em couro, dependurado acima de todos nós no ginásio, seus bíceps se flexionando, os pelos escuros das axilas contrastando com a pele, as veias precoces correndo por toda a extensão de seus braços, o volume na bermuda branca curta... Imagens do vestiário, as duchas que tomávamos depois — água gotejando pelas costas, ao longo de peitorais e para dentro dos umbigos, descendo até a fortaleza de seus pênis, os quais eu só ousava olhar de relance, por um segundinho, e gravar a imagem involuntariamente em minhas lembranças.

Quando eu terminava e meu corpo recebia seu alívio, esses pensamentos eram empurrados para longe, para os cantos mais profundos de minha mente. E, ainda assim, eu acordava com as mesmas imagens grudadas na cabeça, como moscas presas em uma fita colante. Anos de anseio comprimidos como um músculo, pulsando sem piedade. Eu me sentia como uma chama esquecida no fogão, ligada e queimando sem propósito nenhum.

Um dia, depois da escola, pouco antes das provas finais, quando eu não conseguia mais aguentar a situação, não fui embora direto para casa. Em vez disso, saí andando pela cidade, sozinho, sentindo o mundo muito distante de mim. Caminhei sem saber para onde ia, absorvendo os pedacinhos de diálogos entre casais arrumados para encontros, de ternos e gravatas, saias e blusas, cabelos penteados, o homem carregando o casaco da mulher e fazendo piadas, correndo os olhos por ela em aprovação. Passei por grupos de garotas saindo da escola de uniformes, saias azuis longas e meias brancas até os joelhos, andando em pares com os cabelos trançados balançando às costas como se fossem caudas.

Cruzei com grupos de homens fumando em silêncio, os rostos vermelho-azulados, sentados nos bancos e bebendo de garrafas sem rótulo. A cidade era suja e quebrada, camadas de fuligem e de tempo nas fachadas, nada limpo e nada claro, um mundo turvo de segunda mão. Minha impressão era a de que eu jamais escaparia, nem de mim mesmo nem daquilo. Andei e andei, minhas pernas e meus pés doíam, e essa foi a única coisa que me tranquilizou um pouco.

Do outro lado do rio, o sol estava se pondo atrás das torres quebradas da catedral. As lojas começavam a fechar, e homens e mulheres de calçados pretos saíam apressados de prédios e começavam a formar filas para os ônibus. Eu não tinha intenção de ir para casa. Fiquei próximo ao velho mercado municipal, observando as mulheres irem embora carregando sacolas de rede cheias de vegetais e pães. Eu entrei e assisti aos vendedores embalando os produtos. No andar de cima, perambulei pelas passarelas de ferro e passei em frente a lojinhas, logo abaixo do imenso teto curvado, com suas lâmpadas e elevadores de ferro. Em uma das lojas, um velho estava atrás do balcão, o cabelo branco e ralo penteado com cuidado. Havia apenas uma lâmpada no recinto, que pendia do teto não muito longe do rosto dele, e alguma coisa me impeliu a entrar. Atrás do senhor, garrafas sem rótulos estavam dispostas em prateleiras.

— Um litro — pedi.

Ele olhou para mim com vaga curiosidade e puxou uma garrafa às costas. Paguei a ele com minha mesada.

Caminhei até o Parque Staromiejski, que fica perto do rio, com a garrafa escondida no casaco. Era o parque que todos sabiam que os "invertidos" frequentavam. Encontrei um banco bem na extremidade do lugar e observei as mães e os casais se retirarem à medida que a noite caía, dando golinhos na garrafa que queimavam minha boca e garganta, queimavam todo o meu interior. A dor seguida de alívio.

Quando me senti forte e turvo o bastante, cruzei a boca escura do parque. Parecia estar vazio, a princípio. Ainda assim, o medo e as possibilidades me fizeram começar a tremer.

Havia um banco de costas para a água, iluminado pelo luar fraco. Sentei-me ali e senti meu corpo tremendo e meus joelhos pulando sozinhos. Tomei mais alguns goles e olhei ao redor, meus olhos se adaptando à escuridão. Uma silhueta apareceu na trilha. Aos poucos alguém se aproximou e se sentou ao meu lado. Tive medo de olhar para seu rosto. Ele perguntou minha idade, a voz gentil e seca.

— Dezoito — menti, e o senti acenar com a cabeça.

— Você é um garoto bonito. O que está fazendo aqui, à noite? — Sabia que ainda estava tremendo. Ele colocou a mão em meu joelho, acalmando meu corpo. — Está nervoso, não é?

Eu concordei, tranquilizado pelo contato, enfim ousando encará-lo. No mesmo instante, fiquei chocado com como ele era velho — poderia ser meu pai —, e com seu rosto desgastado, como se a vida já tivesse reivindicado para si os melhores pedaços dele, deixando apenas uma casca. Ainda assim, o toque da mão dele era agradável. Ele tirou um frasco do bolso interno do paletó e o ofereceu para mim. Dei um gole, sentindo o cheiro do homem na tampa da garrafa e, sem querer, imaginei-o despido em cima de mim. O poder daquela possibilidade me intoxicou, junto do destilado que queimava minha garganta.

— Venha — chamou ele, pegando o frasco de volta e deixando que a mão subisse pela minha coxa —, vamos lá. É melhor irmos para um lugar mais calmo.

Ele se levantou sem esperar pela minha reação, e eu o segui. Eu o segui até a escuridão completa, na direção de um vão entre os arbustos, tão escuro que eu tinha a impressão de estar cego. Meus passos eram incertos. Em determinado ponto, ele parou, me fazendo esbarrar em seu corpo, nós dois encarando um ao outro de repente. A escuridão era um conforto: era como se tivéssemos nos incorporado à noite e nada do que acontecesse dali em diante fosse ser completamente real. O homem começou a acariciar meu pescoço, os dedos ásperos e calejados, seu hálito cortante em meu rosto. Meu coração ameaçava pular para fora do peito. Com uma mão apressada, mas habilidosa, ele soltou o cinto das minhas calças e puxou meu pau para fora, que apreciou o toque de dedos desconhecidos e a brisa do verão. Ele se pôs de joelhos, desaparecendo de minha visão, e me envolveu na caverna quente de sua boca. Foi a melhor sensação do mundo. Era como se eu estivesse deslizando por um túnel, ou como se o túnel passasse através de mim. Com a cabeça jogada para trás, vi as estrelas no céu. Então, ouvi o zíper dele sendo aberto e o senti se masturbar, movimentos rápidos e urgentes que me excitaram. Na medida em que seguimos assim, ele ofegando e eu arquejando, a urgência e a degradação cresceram dentro de mim como calor, como um grito incontrolável, crescendo, pressionando e tomando conta de tudo, até que as luzes se apagaram e eu fechei os olhos e explodi na boca dele, calor e umidade encontrando-se em um alívio enorme e terrível.

Eu quis correr para casa na mesma hora; sabia que precisava sair daquele lugar e me lembrei da vovó, que já estaria morta de preocupação. Mas não o fiz. Porque, depois de ter alcançado o clímax na boca daquele desconhecido, quase me pareceu que eu não tinha mais uma casa. Então, depois que ele finalizou com um grunhido baixo e nós voltamos a subir as calças, retornamos para o banco onde nos encontramos do outro lado da minha vida, e começamos a conversar, nossas barreiras de repente retiradas. O homem revelou uma história depois da outra e eu não parava de fazer perguntas, sentindo que era meu dever aprender. Ele me contou sobre a primeira vez dele, na floresta, com um fazendeiro de seu vilarejo. Contou-me que esteve na guerra e que quase morreu, que foi estuprado por soldados russos em um campo de prisioneiros. Eu meneei a cabeça, disse sentir muito e me obriguei a não sentir nada. Não podia permitir que a dor dele me penetrasse.

— Você mora com sua família? — perguntei, rapidamente.

Ele riu. Morava sozinho, contou, em um quarto em um daqueles apartamentos burgueses grandes que os alemães construíram quando a cidade ainda se chamava Breslau, os mesmos que agora estavam em ruínas e chegavam a abrigar até uma dúzia de pessoas. Ele dividia a cozinha e o banheiro com três famílias, cada uma vivendo em um cômodo. Vinha ao parque todas as noites, disse. Não sei por que ele foi tão honesto comigo, mas me fez sentir menos sozinho.

— E quanto a encontrar alguém que você pudesse... — Hesitei. — Amar?

O homem bufou e sorriu pela primeira vez, exibindo os dentes cinzentos.

— Como um *ciota*, uma bicha — disse, por fim —, você sempre vai estar sozinho. E vai aprender a aguentar isso. Alguns têm esposa e filhos — ele meneou a cabeça —, igual aquele que viu passar por aqui mais cedo, mas esses são os piores. Mal suportam a si mesmos. Eu, pelo menos, sou livre.

Ele correu os olhos pelo parque escuro, acendeu um cigarro e soprou a fumaça na noite.

— Nós oferecemos e recebemos amor por uma noite, talvez por umas duas semanas. Mas não mais do que isso. Existe ressentimento demais. Ódio demais. Quando se é assim, você vive por prazer e torce para que a polícia não o pegue. Veja bem, eles me pegaram algumas vezes, mas sempre dei um jeito de me safar na base do papo.

As palavras dele me assombraram por um bom tempo depois daquilo. Eu tinha contado ao homem meu nome — ele havia me contado o dele, e me pareceu que eu lhe devia aquilo —, mas eu nunca mais queria ter uma recaída, me aproximar novamente daquela tentação sórdida. Nunca queria me tornar como ele. Meu maior pavor era acabar sozinho. E, ainda assim, parte de mim tinha certeza de que era isso o que aconteceria, e também de que aquilo era a pior coisa que poderia acontecer a alguém. Decidi nunca mais voltar ao parque, nunca olhar para os garotos da minha turma da mesma maneira, mas me reestruturar. Depois daquela noite, quando voltei para casa, a vovó correu até mim, perguntou onde eu estava, chorou, sentiu o cheiro de álcool em meu hálito, me esbofeteou e me abraçou. Decidi que não permitiria ao mal dentro de mim que tomasse posse.

Foi nessa época, ou pouco tempo depois, que conheci Jolka. Ela era amiga de uma amiga na escola, e eu sabia que gostava de mim. Tinha assistido a ela competir no campeonato escolar de ginástica, e o corpo dela — firme, alto e esguio — era diferente do das outras garotas, cuja maciez e curvas me assustavam. Certa noite, em um baile escolar no ginásio, beijei a boca estreita dela ao som de Maryla Rodowicz, a melancolia da canção preenchendo o salão enquanto eu tentava me perder em algo que sabia que nunca me cobriria por inteiro. Logo acima da nossa cabeça, pendiam as argolas de ginástica, emanando seu cheiro de couro e suor.

Naquela semana, peguei Jolka pela mão e caminhei com ela para cima e para baixo em nossa rua. A vovó e minha mãe nos observaram da janela da cozinha. Elas sorriam de orelha a orelha, cheias de orgulho.

* * *

Na primeira manhã do acampamento, nos acordaram cedo, invadiram a cabana e sopraram um apito, nos dando tempo suficiente apenas para escovar os dentes nos banheiros e tomar um pouco de sopa de leite e chá na cantina. Nas semanas subsequentes, me dei conta de que aquele espaço sempre cheirava a couve e gordura, independentemente do que estivéssemos comendo, como se o prédio inteiro tivesse sido encharcado com uma mistura dos dois elementos logo antes de nossa chegada. A cada dia, nos enfileirávamos por algo que não queríamos muito e que, com o tempo, se tornou nosso único propósito.

Depois do café da manhã, nos entregaram nossos uniformes, um par de shorts e uma camisa verdes, os mesmos para garotos e garotas. Eram peças feitas de algodão rígido, áspero, que parecia lona na minha pele. O sol da manhã era frio nas nossas coxas e braços ao deixarmos a cabana para reunirmo-nos mais uma vez em frente ao prédio principal. Os olhos do camarada dirigente corriam por nós com uma satisfação mesquinha.

— Nas próximas semanas, vocês colherão beterrabas dos campos logo ali — berrou ele, apontando para além da cerca do acampamento.

Então, lendo de uma lista, ele chamou nomes e nos dividiu em equipes.

Quando o meu nome foi chamado, juntei-me a um grupo que estava reunido em um canto. Não reconheci ninguém, exceto você. Meu estômago deu um salto involuntário. Passamos por todos, nos apresentando, e, quando cheguei até você, trocamos um aperto de mão — a sua era macia, grande e calorosa — e você disse seu nome naquela voz baixa e nítida que exalava confiança natural. Eu mal consegui responder. Seu rosto era largo e sólido, bem construído; as maçãs do rosto, altas, como bases militares protegendo seus olhos, que eram estreitos e de um cinza-azulado intenso.

— Prazer em te conhecer — disse você. — Sou Janusz.

Janusz. Duas sílabas que sobem e descem e seguem uma à outra de maneira lógica, quase inevitável, e que, quando unidas, soam tão familiares, tão naturais, que o significado de cada metade permaneceu oculto para mim até anos mais tarde: *Ja* significando “eu” em nosso idioma, e *nusz* soava exatamente como nossa palavra para “faca”.

O apito do dirigente guinchava pelo ar enquanto ele nos conduzia pelo acampamento fazendo gestos. Deixei-me ficar para trás quando os grupos começaram a se mexer, aflito e aliviado ao ver você andar à minha frente. Nós nos reagrupamos no imenso campo, que parecia não ter fim, e observamos o camarada dirigente e um fazendeiro do vilarejo, um homem de rosto vermelho, usando calças de lã e uma camisa velha, de mangas arregaçadas, nos mostrarem como colher as beterrabas: cavar a terra ao redor delas com as mãos, agarrar a parte em que as folhas encontram o bulbo e puxar com força para arrancar a planta junto das raízes. Cada grupo ficou responsável por uma porção do campo, e recebeu cestas e luvas. Tínhamos das nove às cinco horas para atingirmos nossas metas.

— E não procrastinem, camaradas! — gritou Belka, tentando olhar para todos nós ao mesmo tempo. — Eu vou patrulhar os campos.

A operação, como um todo, era desconhecida para mim, e, ao começarmos a trabalhar, meu corpo me pareceu uma construção de metal, pesado e inflexível. Eu precisava me ajoelhar na terra marrom para conseguir segurar as beterrabas direito, e minha mente estava agitada. Você ficou na primeira fileira, como se nos liderasse, movendo-se agilmente com suas pernas dobradas e a coluna ereta. Os mecanismos dos músculos de suas pernas estavam à mostra logo abaixo da pele, tendões se contraindo como cordões retesados, veias correndo por seus antebraços e se entrelaçando, parecendo rios em um mapa. Suas mãos eram fortes e grandes, com unhas quadradas e dedos grossos feito cabo de chave de fenda. *Não são mãos da cidade*, recordo-me de pensar.

Passado um tempo, meu corpo começou a doer, mas ver você daquela maneira fez com que eu também seguisse em frente. O sol ficou mais forte, lançando seu calor em nossos braços, pernas e nucas. À medida que nos movemos pelo campo, o suor começou a se formar — gotas discretas a princípio, aqui e ali, na testa e na ponta de nossas colunas e, então, conforme prosseguimos, pequenos riachos correram, impulsionados por nossa movimentação. Eu perseverei, sentindo dor, mas, além disso, sentindo que meu corpo começava a abrir passagem. Fiquei surpreso pela energia que existia depois do desconforto. O ritmo me fez seguir em frente, o toque da terra e a sensação das plantas se tornando hipnóticos. O cheiro era úmido, acre e fresco. Fez-me pensar no jardim de tia Marysia, nos arredores de Wrocław, com seus arbustos cheios, suas árvores frutíferas, seus lugares que serviam de esconderijo e, depois da cerca, nada além de campinas. Fazia anos que não pensava naquilo. Quando era criança, minha mãe me levava até lá e eu brincava sozinho por horas a fio, cavava e encontrava minhocas e besouros, enchia as mãos de terra, via-a esmigalhar-se por entre meus dedos, tentava comê-la.

Eu trabalhei junto da terra, me esqueci de mim mesmo nela. Mais adiante, havia outros grupos, todos curvados sobre as beterrabas, respirando com dificuldade, o céu aberto e vasto. Nós pausamos para o almoço e, em seguida, cochilamos nas cabanas por uma hora antes de voltarmos ao serviço, dessa vez com o sol mais ameno, nossos corpos mais refrescados. Quando havíamos trabalhado por mais tempo do que o necessário, o apito do dirigente soou pelo campo para anunciar o fim do expediente. Eu sentia dor em lugares que nunca soube existirem e fui para a cama exausto, caindo no sono mais profundo que já tivera desde a infância.

*

Acostumei-me com sua visão, mas a gente nunca conversava. Durante os intervalos, o grupo descansava na sombra de uma cabana à beira do campo, você fumava junto de alguns outros garotos e eu conversava com as garotas. Mas não com você. Eu o evitava para que você não fosse capaz de me evitar. Não queria estar na área de alcance do seu poder. Invejava a leveza e a beleza que você ostentava com tamanha naturalidade.

Nas refeições, eu me sentava com Karolina e Beata, uma amiga que conhecemos nas aulas e que era baixinha, de rosto redondo, busto largo, e ria e se assustava com a mesma facilidade. Ela nos contou que se casaria assim que o acampamento terminasse, com um cara que estava um ano atrás de nós.

— Você não está grávida, está? — perguntou Karolina, parecendo preocupada.

— Deus do céu, não! — exclamou Beata, corando de leve.

— Porque você sabe que camisinhas não são confiáveis — disse Karolina, fingindo não notar a coloração de Beata se intensificar. — Algumas daquelas bruxas velhas nas lojas as furam com agulhinhas minúsculas e as vendem assim. Elas não suportam que a gente se divirta. Então, sério, você precisa da pílula. Se quiser, eu te levo na minha médica. Ela é mulher e não vai perguntar se você é casada.

Beata, tão vermelha quanto beterrabas, sacudiu a cabeça em negativa.

— Só estamos juntos há seis meses — murmurou, encarando o próprio prato. — Mas a Divisão prioriza casais na alocação de apartamentos. Estou farta de morar com meus pais.

— Querida, isso pode demorar muito tempo — comentou Karolina, tentando não soar cruel. — Dois anos ou mais. Mas talvez você dê sorte.

Enquanto as duas conversavam, eu observava você do outro lado do refeitório, sentado com a mesma garota com quem estava na noite anterior. Ela usava uma jaqueta jeans, nova e de um azul brilhante, uma peça que só poderia ser comprada com dólares nas lojas Pewex do governo. Eu a encarei, fascinado. Ela não era exatamente bonita — não à primeira vista, com um cabelo escuro e liso dividido ao meio de forma tão comum. Mas tinha certo ar de autoconfiança e um jeito descolado, perceptível na forma que mantinha a postura e sorria enquanto você falava. Ao lado dela, estava Maksio Karowski, um cara corpulento e infame por ser o filho de um oficial de alto escalão do Partido e por tentar seduzir praticamente toda garota (e, na maioria das vezes, obter sucesso).

*

Em algumas noites, depois do trabalho, Karolina, Beata e eu caminhávamos até o vilarejo mais próximo. Sentávamo-nos em um banco da praça, debaixo de árvores com frutas e de frente para uma igreja de madeira. Ali, observávamos casais de velhinhos passarem por nós, mulheres com lenços floridos cobrindo o cabelo e homens de bengalas, chapéus e rostos tão surrados quanto os sapatos. A gente visitava a única loja no vilarejo, conferindo se tinha cigarros ou refrigerante (quase sempre, não). Beata sussurrava que era um sinal de que a economia estava prestes a desmoronar, e Karolina ria.

— A economia está desmoronando desde que nascemos — disse ela, em certo final de tarde, seus lábios pintados abrindo-se e mostrando os dentes grandes. — Nosso querido primeiro-secretário do Partido, Gierek, emprestou tanto dinheiro do Ocidente que nem mesmo nossos netos vão conseguir pagar nossas dívidas. Mas, antes que qualquer coisa *realmente* aconteça, sou eu que vou desmoronar... de tanto tédio, aqui no interior.

Assim, ela acendeu um cigarro da cidade, deu um trago profundo e deixou que a fumaça escapasse pelas narinas.

O sino da igreja começou a tocar, e um bando de andorinhas perseguia insetos invisíveis sob a luz que enfraquecia. Pus-me a pensar no que faria da vida depois do verão. Anos antes, as crianças com quem eu brincava nas ruas de nosso apartamento foram trabalhar em fábricas, em lojas, em ônibus ou nas minas, enquanto eu me mudei para a capital para estudar. Trabalhar me parecera o começo do fim. A universidade, um prolongamento da juventude. Eu tinha gostado de lá, apesar das limitações do lugar — não podíamos ler tudo o que queríamos e precisávamos identificar a decadência do capitalismo em todos os textos ocidentais, mesmo que a maioria dos professores mal fingisse se importar com o Partido. No entanto, agora que tinha concluído meus estudos, não fazia ideia do que viria em seguida. Um dos meus professores de literatura tinha gostado de mim e falado algo a respeito de um possível doutorado. Mas eu suspeitava que ele tentaria me fazer estudar algo imbecil, algo útil politicamente, um assunto no qual eu ficaria preso durante anos. E eu sabia que não iria suportar o magistério. Não com uma vida inteira de salário horrível, não com as verdades simples que todos conheciam, nosso anseio pelos confortos ocidentais, nosso ódio pelos soviéticos, inconfessável ou punido com a expulsão.

Naquela época, eu não fazia ideia de para onde iria, e o trabalho no acampamento pareceu oferecer pouco alívio. O sol era impiedoso e meu corpo se revoltava com o esforço, recusando-se a suar. Enquanto eu cavava a terra e puxava as beterrabas, meus pensamentos retornavam até você, ao bar a que Karolina havia me levado, ao vazio estendendo-se à minha frente. Eu lutava contra eles (os pensamentos e os legumes), lutava contra a teimosia deles, a resistência. Lutava e eles lutavam contra mim, até que arrancava um e aparecia o seguinte. A essa altura, eu estava mais ágil, mais forte. Já não precisava me ajoelhar na terra. Ficava de pé como você, de joelhos dobrados e costas eretas. Mas ainda era um suplício; a verdadeira luta não era com a terra ou as plantas. Devagar, bem devagar, encontrei um ritmo. Parei de lutar. Parei de pensar. Certo dia, enquanto operava dessa maneira, o suor começou a se libertar por conta própria. Eu permiti a união entre a terra e meu corpo, soltei as rédeas e, pela primeira vez em minha vida, apreciei cada coisa pelo que era, contemplei o milagre de tudo aquilo. A terra por ser a terra, minhas mãos por serem minhas mãos, as plantas por crescerem a partir de sementes e os outros ao meu redor, todos, com seus próprios direitos, sonhos e mundos interiores. Mais do que nunca o suor correu através de mim, ensopou meu rosto, se alastrou pela espessura de minhas sobrancelhas até entrar em meus olhos, inundou meu pescoço e minhas costas como um dilúvio, e eu aceitei seu presente. Era como se o suor tivesse lavado de mim o passado e todos os pensamentos e medos do futuro; tudo o que restava era o presente, limpo, leve e dançante.

Naquela noite, deixei os outros para trás e saí para caminhar. O tempo estava ameno. Cruzei a cerca, passei pelos campos de beterraba até chegar a um riozinho. Papoulas vermelhas e amarelas cresciam à margem, e relvas altas balançavam-se na brisa. O murmúrio da água me acalmou, entrelaçando-se com meu subconsciente. Continuei a andar. Na outra margem, uma lebre, que atravessava um campo correndo, parou ao me ver, as orelhas erguidas como folhas de samambaia peludas, o nariz minúsculo tremulando para cima e para baixo. Ali ficamos, nós dois, imóveis, analisando um ao outro. Por fim, ela virou a cabeça e desapareceu aos pulos.

Aquele passeio me fez bem. Lembrou-me dos outros, que eu fazia sem um rumo certo em Wrocław, quando não suportava mais dividir o espaço com a vovó ou estar na escola. Não havia lugar algum em que eu pudesse estar sem que fosse junto de outras pessoas, precisando interagir ou atuar. Até mesmo em minhas caminhadas pelo quarteirão os vizinhos me cumprimentavam e analisavam. Em algumas ocasiões, eu pegava o bonde e passeava pela cidade. Descia no último ponto, em um bairro onde ninguém me conhecia, e perambulava, sem pensar, observando ruas, casas e pessoas desconhecidas, me sentindo livre e anônimo. Como um pedaço de papel em branco. Havia me esquecido desse prazer e, naquele momento, ao lado do rio, com os campos se estendendo à minha frente e o acampamento distante às minhas costas, algum fragmento daquela liberdade veio à tona. A água era cristalina e, no fundo, eu conseguia ver o leito de pedregulhos, lama marrom-clara e peixinhos nadando de um lado para outro.

Segui em frente, sem pensar aonde iria até que parei, não sabendo muito bem o motivo. Havia algo grande se movendo na água. Alguém estava nadando. A parte de trás de uma cabeça — cabelo preto molhado, grudado nela — se movia para longe de mim; eu assisti, imóvel, vendo sem ser visto. Ombros largos e costas musculosas moviam-se em um crawl rápido e confiante, a cabeça submersa, subindo para respirar a cada duas braçadas. Antes que eu me desse conta, a silhueta havia mudado de rumo e começava a nadar na minha direção. Aproximava-se mais e mais a cada movimento. O sol estava às minhas costas e meu corpo projetava uma sombra comprida na água. No instante em que a silhueta atravessou esse trecho escuro, ela parou e ergueu a cabeça.

Você esfregou os olhos com as costas da mão e se pôs de pé na água, que só chegava à altura de sua cintura.

— Olá — falou você, como se não soubesse quem eu era.

Correntes de água desciam pelo seu torso. Seu corpo era esguio e forte; seu peitoral e barriga, desenhados com linhas e divisões, com leis da gravidade próprias.

— Olá — respondi, dividido entre a vontade de correr e a de observá-lo.

Você semicerrou os olhos e estendeu a mão para bloquear o sol atrás de mim.

— Você é do nosso grupo, não é?

Fiz que sim com a cabeça.

— Sou Janusz — disse você, com um sorriso relaxado.

O seu conforto estando ali, em pé, era quase ofensivo. Era eu que estava me sentindo nu.

— Vou te deixar continuar. Não tive a intenção de atrapalhar. — Eu me virei para ir embora.

— E você?

Voltei-me novamente.

— O que tem eu?

Você riu. Era um som leve e alegre, autossuficiente e contagiante.

— Tem a cabeça nas nuvens, não é? Seu *nome*.

Eu também ri, sentindo meu rosto corar.

— Sou Ludwik. Ludwik Głowacki.

Fiquei surpreso de como meu nome significava pouco para mim, de como ele era absurdo em sua tentativa de me conter.

Você balançou a cabeça de um lado para o outro.

— É um prazer te conhecer devidamente. Não quer entrar? — Seus braços se agitaram na água. — Está perfeita.

— Agradeço. Na verdade, eu não nado.

A expressão em seu rosto se tornou divertida.

— Não sabe nadar?

— Não, não é isso. — Balancei a cabeça em negativa. — Só não gosto de nadar.

— Nem mesmo nesse calor? Por que não? — Você riu, incrédulo, seu sorriso zombeteiro e encantador.

Sacudi os ombros e dei alguns passos para trás.

— Talvez outro dia.

— Ok — respondeu você, acenando com a cabeça. — Outro dia. Estou aqui quase todas as noites.

— Até mais, então — falei, afastando-me.

Depois de alguns passos, me virei, contra minha vontade. Seu corpo estava deslizando pela água, deixando um rastro de ondulações na superfície.

*

No dia seguinte, eu enxerguei você com mais nitidez do que antes, como se você estivesse em contraste com o plano de fundo que eram os outros. Permiti-me olhar para você, observá-lo trabalhando e conversando com as pessoas à mesa, em especial com a garota de cabelo preto e roupas ocidentais. Havia uma elegância inerente em seu jeito de ser, um conforto consigo mesmo e com o mundo, como se sua mente nunca tivesse sido penetrada por medo algum, como se o caminho que você trilhava fosse complacente e se moldasse a seus pés. Ainda assim, nós não conversamos e não nos dirigimos um ao outro, exceto por um curto aceno de cabeça e um sorrisinho astuto que você dirigiu a mim no campo. Tirando isso, nosso encontro havia sido algo externo, confidencial.

Naquela noite, fui até o mesmo ponto ao lado do rio, mas você não estava lá. Deitei-me na grama, olhei para o céu e escutei a água. Perguntei-me se você não tinha vindo para me evitar, ou se aquilo significaria alguma outra coisa. Então percebi um movimento, uma presença próxima, e me levantei. Logo adiante, cruzando a grama alta, um corpo estava esticado no chão, quase escondido. Sem fazer barulho, me aproximei. Você estava deitado de costas, uma mão sob a cabeça e a outra em cima da barriga. Os olhos fechados. A mão em seu abdômen subia e descia no ritmo lento e contínuo de sua respiração, a camiseta levemente repuxada para cima, mostrando sua pele bronzeada e a trilha de pelos finos que seguia para baixo. Fiquei paralisado por um momento, observando-o, com medo de que você acordasse e me visse daquela maneira. Seus cílios compridos. As lindas veias nos seus braços. Tudo o que eu queria era ficar ali e absorver sua imagem. Você abriu os olhos, cinza-azulados e brilhantes. Olhou para mim e meu coração perdeu o ritmo.

— Oi. — Sua voz estava sonolenta.

— Oi. Eu te acordei? — Dei alguns passos para trás, me sentindo deslocado.

Você se ergueu nos cotovelos, fechou os olhos com força e os abriu de novo.

— Acho que sim. Ainda bem. Se não fosse por isso, eu teria dormido até amanhã cedinho. — Você correu as mãos pelo rosto, bocejando, e então se virou para mim, como se estivesse registrando minha presença pela primeira vez. — Então você veio. — Um sorriso surgiu em seu rosto. — Enfim quer aprender a nadar?

— Eu te disse que sei nadar.

Você ficou em pé e tirou a camiseta, passou correndo pelo meu lado e pulou na água, usando um shortinho.

— Então prove! — gritou você, surgindo da água, o cabelo molhado e escuro.

— Pff. Não é tão simples assim.

— Vamos! Só os pés, então. Você vai ver como é bom. — Você gesticulou para que eu me aproximasse.

Fui até a beira, onde você estava de pé, ansioso, e olhei para a superfície. Era transparente, com algas verdes e cintilantes balançando na corrente, como trigo ao vento. Seus olhos diziam "venha" e eu entrei. A lama macia e lisa cedeu sob a sola dos meus pés, o frescor envolvendo meus tornozelos.

— Viu o que andou perdendo? — disse você, me olhando com um sorriso.

A luz do fim de tarde dançava na água e refletia em seu rosto, como uma carícia. Eu não consegui dizer nada, apenas assentir com a cabeça. Minha barriga estava embrulhada e leve. Você quis que eu entrasse por inteiro, mas me neguei. Minha recusa o fez rir, o que me deixou ainda mais desconfortável.

— Antes de o acampamento terminar, você vai estar nadando sem hesitação nenhuma — falou você, ao mergulhar e me deixar ali, de pé, vestido, a água alcançando meus joelhos.

Saí e me sentei na margem, observando-o nadar. A cor do céu assumia um tom de azul mais escuro. Eu não tinha certeza do que estava fazendo ali, mas sabia que não queria ir embora. Por fim, vi você emergir, a água escorrendo pelo corpo, o cabelo grudando no rosto, e me assustei com a realidade de sua presença.

— Por que vem aqui sozinho? — perguntei enquanto se secava. Tentei não encarar. — Por que não está com seus amigos?

Você soltou sua risada leve.

— Que amigos?

Dei de ombros, tentando não corar.

— Sempre te vejo com as mesmas pessoas na cantina.

— Ah, é? — Seu sorriso assumiu um tom provocativo. Então, para meu alívio e tristeza, você vestiu a camiseta. — Não sei — respondeu você, a cabeça aparecendo na gola da roupa. — Por que *você* não está com seus amigos?

— Acho que, às vezes, é legal estar longe da multidão, poder ouvir os próprios pensamentos. Fico maluco quando estou cercado por outras pessoas o tempo todo.

— Então acho que o mesmo serve para mim — respondeu você, virando o corpo e despindo o short de natação, revelando seu traseiro, o que acelerou meus batimentos cardíacos. Sua bunda era poderosa, feito duas pedras enormes e lisas esculpidas pelo mar. — E a natação me ajuda a limpar a mente. — Ouvi você continuar, a voz estável, ao vestir a cueca. — Por inteiro. É como se estivesse dando um banho no meu cérebro.

Perguntei o que é que precisava ser limpo de sua mente enquanto você vestia as calças e se virava para mim, seu cabelo escuro caindo na testa.

— Várias coisas. Trabalho. O futuro. E você? O que limpa sua mente?

— Ler — respondi, sem precisar pensar.

— Ah, é? O que está lendo agora? Algo de bom?

Não suportei encará-lo enquanto pensava. O céu havia escurecido ainda mais e me sentia seguro na luz que diminuía.

— No momento, nada. Mas vou começar um livro novo em breve e acho que vai ser muito bom. — Pensei em *O quarto de Giovanni* escondido no fundo de minha mala, as páginas preciosas esperando para serem lidas.

— Como chama?

Você se sentou ao meu lado. Eu te olhei, o ar em minha garganta subitamente imóvel e pesado, minha mente cambaleando. Não sabia por que tinha me permitido mencionar esse segredo e tentei, com todas as forças, pensar em outro nome para falar. O som distante do sino do acampamento ressoou, nos pegando de surpresa. Então, um silêncio estranho caiu entre nós, como algo balançando em uma margem, decidindo para qual lado cair.

— Hora do jantar — comentou você, por fim, se levantando. — Vamos lá. Estou morrendo de fome.

Nós caminhamos até o acampamento, atravessando os campos enquanto a luz perdia a força. Senti-me peculiarmente próximo de você e feliz de tê-lo todo para mim, com nada além do céu nos observando. Perguntei onde tinha aprendido a nadar tão bem, e soube que havia um rio não muito longe de sua casa, no qual você brincava junto dos seus irmãos. Você falou que foram eles que lhe ensinaram.

— E, no verão, a gente contornava as montanhas e nadava nos outros rios lá — contou você.

— Onde?

— Perto de Rabka. Das montanhas Tatra.

— Um garoto do Sul — falei, sorrindo.

Você assentiu.

— Não dá para adivinhar pelo meu sotaque?

— Agora que você falou, sim. — Algumas das palavras que você dizia, mesmo tempos depois, eram flexionadas com certo arrasto, esticando a última sílaba como se ela fosse uma massa maleável.

— E você?

— Wrocław.

— Um garoto da cidade, hein? — Seus olhos brilharam no escuro.

A essa altura, tínhamos chegado ao acampamento. Paramos em frente à cantina, como se tivéssemos combinado dessa forma.

— Te vejo amanhã — falou você, colocando a mão no meu ombro por um instante, e, então, entrou, me deixando parado do lado de fora.

Naquela noite, tirei *O quarto de Giovanni* das reentrâncias mais profundas da minha mala e comecei a ler à luz de uma lanterna depois de os outros terem dormido. O livro me assustou e me confortou — mesmo estando apenas nas primeiras páginas. A culpa do narrador em relação à noiva, seu desejo por Giovanni e o arrependimento profundo por seja lá o que tenha feito com ele. Havia algo no ritmo, na linguagem, nos fatos implícitos e na sensação de ruína interna que dialogava diretamente comigo. Não era uma distração ou um entretenimento: lá estava um livro que parecia ter sido escrito para mim, que me ergueu para dentro do próprio domínio e me uniu a algo que parecia ter estado ali o tempo todo, algo de que eu parecia fazer parte. Era como se as palavras e os pensamentos do narrador — apesar de sua agonia, apesar de sua angústia — curassem um pouco as minhas próprias agonias e angústias, simplesmente por existirem.

*

Eu vivi através do narrador durante os dias seguintes, pensando na vida dele em meu trabalho no campo, subitamente ciente de que existia um lugar para onde eu podia ir, que era meu, completamente meu.

Assim que o trabalho terminava, eu colocava minhas próprias roupas, agarrava o livro e saía pelo portão, mas não até o ponto em que sabia que você estaria. Queria ficar sozinho por um tempo. Encontrei um lugar perto do rio, na outra direção, protegido por arbustos espinhosos e, ali, eu me deitava de costas e me afundava completamente no mundo de Baldwin.

Um dia, tendo acabado de me acomodar para ler, uma sombra surgiu sobre a página. Eu me virei e encontrei você em pé atrás de mim.

— Então é aqui que você tem se escondido — falou você, sentando-se ao meu lado. Seus olhos foram até o livro, que eu rapidamente havia fechado e deixado no chão. — Então, deve ser muito bom mesmo.

Eu não conseguia dizer nada; não conseguia nem mexer a cabeça.

— Sobre o que é?

Meu coração começou a bater rápido.

— É sobre um garoto — respondi, tentando manter a voz firme. — Um americano que mora em Paris.

Você me encarou, com expectativa.

— *E...?* O que ele está fazendo em Paris?

— Ele... Ele está tentando entender o que quer e como escolher por si mesmo.

Você olhou para a capa.

— Posso ver?

Eu entreguei o livro para você, me arrependendo no mesmo instante, como se tivesse estendido algo pesado e perigoso.

— Por que está colado em outra capa? — perguntou você, as sobrancelhas franzidas.

Dei de ombros.

— É meio que um livro não autorizado, acho.

Para minha surpresa, você riu.

— Não imaginei que você seria tão rebelde — falou, devolvendo o livro. — Posso ler quando você terminar?

Meu estômago afundou.

— Se quiser.

— Eu quero, sim. Nunca li um livro clandestino.

— Sério? — Eu sorri, sentindo prazer, uma pitada de poder. — Imaginei que você seria mais rebelde.

***

Surpreende-me que eu tenha dividido a existência do livro com você tão cedo. Mas senti uma confiança estranha ali, às margens do rio. Algo no modo como me olhou fez com que eu sentisse que você não era alguém que julgava. Não encontramos muitas pessoas na vida que passam essa impressão. Ainda assim, naquela noite, enquanto lia deitado na cama, depois de os outros terem ido dormir, senti medo. Medo do buraco que havia criado ao confiar em você, medo da vulnerabilidade que essa atitude havia gerado. E, quanto mais lia, mais assustado eu ficava: a imensidão das verdades e mentiras que eu estivera contando a mim mesmo havia tantos anos estava disposta à minha frente, espelhada na vida do narrador, como se alguém me apontasse um dedo, sem deixar margens para dúvidas. Minha vergonha iluminada por uma luz nítida e fria. Sob esse brilho, eu podia examiná-la com precisão quase científica e, de repente, a angústia do narrador deixou de aliviar a minha. O medo dele alimentava o meu. Eu era como ele, David, nem aqui nem ali, desconfortável em qualquer lugar e sem nenhuma escapatória.

Certa noite, quando fui jantar, deixando o livro escondido sob meu travesseiro, a duplicidade de minha vida — quem eu era por dentro e quem eu era para os outros — me pareceu surreal. O livro e você a tinham trazido de volta em um supetão, e eu decidi nunca mais ser vulnerável, nunca mais sentir aquele pânico, nunca depositar a confiança em outra pessoa. Então, evitei seus olhos quando você passou por nossa mesa naquela noite e encarei, em vez disso, o *borscht* vermelho-sangue, sem piscar. E eu não fui até o rio nos dias que se seguiram. O fim do acampamento já se aproximava. Fiquei na cabana, li e evitei você, torcendo para que os dias passassem despercebidos e eu pudesse simplesmente voltar para casa, para minha antiga vida. Durante os intervalos no campo, eu me sentava na sombra, apoiado nas tábuas do galpão de ferramentas, enquanto você se juntava a outros caras ao lado da bomba de água, fumando, fazendo piadas, tentando chamar minha atenção. Fingi não ver.

A essa altura, o uniforme tinha se adaptado a mim, cedido ao formato do meu corpo, e este, por sua vez, tinha se adaptado à terra. Sabíamos o que estávamos fazendo então e, durante grande parte dos dias, tudo o que ouvíamos era o barulho das beterrabas sendo jogadas nas cestas. As montanhas delas cresciam cada vez mais rápido, até que praticamente não restavam mais fileiras. Em certo ponto, na última semana, eu estava me empenhando, absorto na repetição de movimentos, quando notei você em pé à minha frente. Parecia que estava ali havia um tempo, me assistindo trabalhar.

— Terminou de ler o livro? — Sua pergunta tinha um tom de desafio.

— Terminei — respondi, encarando a terra e sentindo minha mandíbula tensa. Então continuei a trabalhar.

— Ainda quer me emprestar?

Parei de cavar. Meu coração corria a galope. Ergui os olhos para enxergá-lo e não sei o que me levou àquilo — talvez a sinceridade com que você perguntou, que estava traçada em seu rosto, ou talvez um sentimento de resignação —, mas balancei a cabeça em afirmativa. Decidi que não tinha nada a perder. Nossos caminhos jamais se cruzariam de novo e eu não queria acabar como David, com medo de si mesmo e devorado por arrependimentos.

— Te entrego no jantar — ouvi-me dizer.

Naquela noite, esperei por você na saída da cantina, na semi-escuridão em que as pessoas fumavam e fofocavam antes de dormir. Esperei até estar bem tarde, até que as correntes de pessoas indo embora esvaíram-se e cheguei a pensar que tínhamos nos desencontrado.

Estava considerando voltar para a cabana quando você enfim apareceu na porta. A garota vinha logo atrás. A postura dela parecia calma. Os olhos, assim como o cabelo, eram escuros e intensos, mas a pele era clara, até mesmo pálida, como se não tivesse passado as últimas semanas sob o sol.

Vocês trocaram um olhar que não pude enxergar. A garota, então, me olhou de relance com um sorriso vago e se afastou em direção à escuridão.

— Eu leio rápido — disse você, deslizando o livro para dentro do bolso traseiro das calças.

— Não se preocupe — falei, sentindo a tristeza me inundar. — Pode ficar com ele.

Você me olhou como se eu tivesse dito algo absurdo.

— Do que você está falando? É lógico que vou te devolver. — Você voltou a colocar a mão em meu ombro, do mesmo jeito que fizera na segunda vez que conversamos. E, assim como acontecera então, o nó no fundo da minha barriga (lar tanto do medo como do desejo) se agitou como uma maré que se aproximava.

*

Aquela última semana, diferentemente do normal, não passou mais depressa do que as outras que a antecederam. Ela rastejou, engatinhando até o fim. Ao longo de todo o seu decorrer, eu quis que terminasse, quis me ver livre de estar perto de você sob aquele estado de incerteza. Eu ainda o evitava, continuava não voltando ao rio, mesmo com o calor que me fazia desejar mergulhar os pés no frescor da água. E, mesmo assim, eu olhava para você quando tinha certeza de que nossos olhos não se encontrariam, à procura de quaisquer sinais de mudanças. Mas você parecia o mesmo. Na cantina, sentava-se com o mesmo grupo e, no campo, trabalhava sem parar.

Em nossa última noite, o camarada dirigente fez um discurso, nos agradecendo pelo trabalho árduo. Depois disso, nos conduziu rio abaixo. Nós caminhamos em grupos pequenos, incertos do que aconteceria, cheios de empolgação e com um toque de medo. Mas o que encontramos foram dúzias de barquinhos boiando na água. Entramos neles, seis em cada um. Eu estava com Karolina, Beata e os garotos da minha cabana. Nós remamos rio abaixo, não em direção ao ponto de encontro, mas no sentido contrário, onde as florestas começavam. Formamos uma fila de barcos, com Belka à frente. Vimos o sol se pôr atrás dos campos que havíamos esvaziado com tanto cuidado durante o mês e ao longo de um meandro estreito do rio, que serpenteava para dentro da floresta. Pinheiros altos passaram a nos rodear, cheirosos, solenes e parecendo infinitos. A temperatura era mais amena ali e a escuridão era completa; em pouco tempo, as únicas fontes de luz eram o luar fraco acima de nós, praticamente invisível em meio ao desfiladeiro de copas de árvores, e o brilho distante da lanterna de Belka à frente. Ouvimos o som suave de patas no chão da floresta e o estalo de galhos. Uma coruja chirriou.

Então, nossa caravana se deteve e todos nós desembarcamos. Havia uma clareira na floresta. Uma fogueira fora feita, iluminando o solo e nos aquecendo do frio noturno. Linguiças foram espetadas em gravetos. Alguém tirou um violão, começou a cantar e, pouco a pouco, aquele lugar escuro e selvagem se tornou aconchegante. A noite estava repleta de barulho, crepitares e conversas. Nós ficamos próximos do fogo, bebemos cerveja e os garotos falaram de uma viagem à Romênia. Mais adiante, entre algumas árvores, vi você em pé com seu grupo: a garota de cabelo escuro e Maksio Karowski. Eu o observei por um momento, o perfil de seu rosto no escuro, o jeito com que fumava seu cigarro, segurando-o entre o polegar e o indicador. Depois, forcei-me a desviar o olhar.

Quando a noite se aproximava do fim, eu estava sentado ao lado da fogueira sozinho, dando golinhos em uma cerveja e encarando as chamas. Pensava no que restava do verão, no que restava da minha vida, e batalhava para conseguir enxergar alguma coisa. Parecia-me que a única certeza era a mudança em si, incontrolável e indiferente, como o fogo comendo a madeira. Então, uma sombra se moveu e você se sentou no tronco ao meu lado. Por um tempo, não falamos nada. Eu me sentia fraco. Você parecia exposto sob a luz das chamas e ainda mais bonito, com sua camisa vermelha e branca quadriculada, os olhos refletindo o fogo. Você deu uma olhada ao redor, como se conferisse se alguém estava ouvindo. Muitas conversas aconteciam em torno de nós, casais dançavam, outros estavam sentados em troncos, cantando junto do violão.

— Estou quase terminando o livro — comentou você, por fim.

— E...? — Tentei assumir um tom desinteressado ao mesmo tempo que minha pulsação começou a acelerar.

Você virou o olhar para o fogo.

— Gostei. Entendo por que não foi publicado de forma oficial.

Nossos olhos se encontraram por um momento e você sorriu.

— Por que parou de ir até o rio?

Eu desviei o rosto. Nenhuma palavra me ocorreu. Por fim, ergui os olhos e vi você me olhando com ternura.

— Não tenha medo.

A maneira como você falou — suave, perfeitamente calmo — me atravessou por inteiro. As chamas estalaram. Eu assenti com a cabeça; foi tudo o que pude fazer. Você sorriu, desanuviando a tensão, seus dentes brilhando à luz do fogo. Nós ficamos sentados ali por um tempo, em nosso silêncio particular, mundos se movendo dentro de mim.

— Vou para o distrito dos lagos amanhã — disse você. — Nunca fui, e sempre quis fazer isso. Achei que o momento seria agora, antes de voltar para a cidade, antes de começar a trabalhar de verdade. Tem uns lugares incríveis naquela região. Lagos, rios. Eu tenho uma barraca e tudo. — Você fez uma pausa e, por um instante, nossos olhos se cruzaram de novo. — Estou para te perguntar isso há um tempo. Quer vir comigo?

3

LEMBRO-ME DO ÔNIBUS INDO EMBORA COM OS OUTROS, e você e eu ficando para trás.

Era um dia nublado. Com as mochilas nas costas, as mãos agarrando as alças, nós subimos a estrada rural a pé, na esperança de conseguir uma carona. Eu estava nervoso e não conversamos muito, mas, de alguma forma, o silêncio entre nós era um pacto. Eu me sentia como um passarinho liberto da gaiola, assustado e exultante com o vazio diante de mim.

O primeiro carro que parou nos levou para o leste. O motorista, um homem de meia-idade, nos lançava olhares de tempos em tempos, mas não perguntou nada em momento algum.

Dirigimos em silêncio por alamedas rurais ladeadas por castanheiras altas, passando por campos delimitados por papoulas. Eu não fazia ideia de onde estávamos. Não tínhamos um mapa em mãos e havia pouca sinalização, mas, mesmo que houvesse mais, os nomes de lugares não teriam significado nada para mim. Enquanto eu absorvia toda aquela vastidão anônima, você dormia, o rosto contra a janela.

Em determinado momento da tarde, o motorista nos deixou em um entroncamento rural. Você arrancou um cupom de seu livreto de mochileiro* e o estendeu para ele.

— Tomara que você envie e ganhe um secador de cabelo, ou algo do tipo! — exclamou você, batendo a porta do carro. O senhor balançou a cabeça e acelerou em direção ao horizonte.

Um vento forte e úmido nos atingia. O céu estava repleto de nuvens escuras; o ar parecia elétrico. De repente, como se alguém tivesse apertado um botão, a chuva começou a cair. Não houve um talvez, um momento intermediário. Ela se derramou sem qualquer inibição, as gotas pesadas como tinta, um milhão delas, e nós fomos apanhados de surpresa no meio da estrada, com nossas mochilas e nenhum guarda-chuva.

— Rápido! — gritou você. — Ali, perto da árvore!

Eu o segui correndo por um campo, nossas roupas já escurecidas pela água. Nós alcançamos um carvalho e nos sentamos ao lado do tronco, protegidos sob o teto de folhagens. A chuva continuou a martelar o solo e o mundo cheirava água e terra. Então, um raio caiu diante de nossos olhos — um tridente branco-néon no horizonte escuro. Em seguida veio um trovão. Assistimos ao espetáculo em silêncio e assombro, tirando o cabelo molhado da frente do rosto, os braços apertados em torno dos joelhos. Ficamos os dois

---

*Para estimular motoristas a oferecerem carona, havia uma iniciativa governamental na qual o motorista ganhava cupons de um livreto e podia trocá-los por prêmios ou concorrer a sorteios. (N.T.)

sentados ali por um bom tempo, encarando o céu, até que a chuva apaziguou.

— Você não sente vontade de estar em outro lugar, às vezes? — A pergunta me ocorreu sem mais nem menos.

Você se virou para mim.

— Quer dizer o Ocidente, não é?

Concordei com a cabeça, surpreso com minha sinceridade. Além de Karolina, nunca tinha falado sobre isso com ninguém.

— Não — respondeu você, categórico. — Por quê?

— Não sei. Sempre tive curiosidade. Parece que tudo é melhor lá. Mais bonito. Mais livre. Não acha? — Eu o olhei, esperançoso.

Você balançou a cabeça de um lado para o outro e encarou algum ponto distante no horizonte.

— Eu devia ter adivinhado que você é um deles.

— Deles, quem? — perguntei, de repente nervoso, me perguntando se tinha cometido um erro enorme.

Você se virou para mim em um movimento brusco.

— Os sonhadores — falou você, a boca se abrindo em um sorriso provocador.

Deixei que a palavra ressoasse, aliviado e aquecido por seu sorriso, tão próximo do meu rosto.

— Qual o problema em sonhar com a liberdade? — perguntei.

— *Liberdade?* — Você bufou e sorriu, como se já tivesse tido a mesma conversa diversas vezes. — Ter laranjas e bananas em todos os meses do ano... isso é liberdade para você? — Seu sorriso havia desaparecido.

— Existe liberdade em ter o que bem entender — falei, com cuidado —, em escolher por si mesmo.

Seus olhos se semicerraram.

— E você acha que isso não tem um preço? Acha que as pessoas no Ocidente não passam a vida trabalhando feito máquinas, ganhando só para poderem gastar?

— Eu não me incomodo com trabalho duro. Contanto que a gente receba algo por ele.

— Um outro lugar sempre vai parecer melhor — argumentou você, ignorando meu comentário. — Existem tantas chances aqui. Eu, por exemplo... — Seu rosto pareceu corar um pouco nesse ponto, seus olhos baixos por um instante. — Eu venho de uma família pobre. E sou o primeiro a ter uma educação de verdade. Até me deram pontos extra nos exames de admissão por nós sermos da classe operária. E, agora, eu vou trabalhar para o governo. Isso é liberdade. Eu nunca conseguiria algo assim sob o capitalismo. O Partido se importa com a gente. Quando minha mãe ficou doente — você engoliu em seco, sua voz ficando mais fraca —, mandaram-na para uma clínica por três meses. *Três meses*. Acha que eles oferecem isso para alguém no Ocidente? De graça?

Eu me remexi, ajustando o corpo sobre as raízes espessas da árvore.

— Mas você não se importa com o fato de que *nós* não somos livres de verdade? Eles nos dizem o que querem que saibamos, e isso é tudo. Não temos nem mesmo permissão para sair do país quando bem entendemos. Nós somos mantidos *presos* aqui.

Você permaneceu muito calmo, sem dizer nada por algum tempo.

— Você está fazendo parecer pior do que é — falou, por fim. — E como é que sabe se é mesmo melhor em outros lugares? Afinal de contas, precisamos trabalhar com o que temos. Simples assim. — Você sorriu e olhou para mim. — Encare como um jogo: todo mundo sabe as regras. E, se não pode mudá-las, não faz diferença se preocupar.

Um vento frio começava a soprar e eu senti um tremor, arrepios nos braços.

— Mas talvez nós *possamos* mudá-las — falei, de repente sentindo-me tolo, tentando alcançar algo que já não estava lá.

Você abriu um sorriso singelo. A completa ausência de preocupação me surpreendeu e me aliviou.

— Respondendo à sua pergunta… Seria legal ir um dia para lá, conhecer. O Ocidente. Mas não como uma fuga. Não sou como David em *O quarto de Giovanni*. — Você sorriu mais uma vez, e a adrenalina me perpassou. — Mas eu gostaria de ver algo mais. Afinal, é preciso testar e experimentar por si mesmo, certo? — Você deu um tapinha no meu joelho e se levantou. — Vamos lá, sonhador, precisamos botar o pé na estrada agora, a não ser que queira dormir aqui neste campo.

A chuva havia parado e, ao nosso redor, tudo estava silencioso. O sol surgiu, fraco e prestes a desaparecer atrás do horizonte. Nós descemos a estrada com os polegares esticados, mas nenhum carro parou. Andamos e andamos até o sol se pôr e ainda não havíamos chegado a lugar algum. Os campos em nosso entorno estavam úmidos por conta da chuva, pouco propícios para acampar; a gente não sabia o que fazer. Por fim, encontramos uma fazenda onde uma família concordou em nos hospedar por uma noite. A filha do fazendeiro nos levou até o celeiro, onde deixaram que dormíssemos. Ela nos trouxe pão e toucinho, que devoramos feito lobos. Depois, estendemos os sacos de dormir sobre o feno, um ao lado do outro.

— Boa noite — disse você, depois de ter desligado sua lanterna.

Você havia se despido sem um pingo de timidez, sua silhueta no escuro engatinhando para dentro do saco de dormir ao lado do meu. Eu escutava sua respiração, como a colisão suave de ondas. E, aos poucos, um pingo de cada vez, a chuva recomeçou. Ela tamborilou no telhado, como dedos praticando acordes de piano. Nós ficamos deitados de costas, escutando, sem dizer uma palavra sequer. Eu sentia você próximo de mim, sentia seu corpo vivo de alguma forma, apesar de imóvel. Meu coração batia mais forte do que a chuva. De repente, quis desesperadamente estar perto de você. Eu conseguia sentir a atração de seu corpo, pequenos fios me puxando em sua direção. Mas não conseguia me mover. Muitas batidas de coração se passaram, anos-luz de idas e vindas em minha mente, e, justamente quando comecei a pensar que nunca teria a coragem, seu corpo se moveu para perto de mim, sua cabeça se apoiou em meu ombro. Meu coração parou. Eu não ousava respirar. Sua cabeça era pesada, como mármore quente, e seu cabelo roçava minha bochecha. Vi-me paralisado pela possibilidade, desorientado entre a vertigem da concretização e o abismo da incerteza. Pensei em como havia sido precipitado com Beniek naquela noite, tantos anos atrás, no baile, quando as luzes se apagaram. Em como haviam sido dolorosas e imprevisíveis as consequências. A despeito disso, eu tinha acabado de reunir as forças para pensar em como seria deixar que minha mão tocasse seu cabelo, de pensar que essa era a única coisa certa a fazer, de que as coisas não eram como antigamente, quando você sussurrou:

— Boa noite, Ludzio.

Então se afastou de mim. Foi a primeira vez que me chamou assim, alterando meu nome de modo carinhoso. Aquilo tornou o vazio em meu ombro ainda mais insuportável.

— Boa noite — respondi, sem força, virando de costas, o arrependimento tomando meu corpo.

Sua respiração se tornou calma e estável. Minha mente corria como um cavalo enlouquecido. A chuva continuou durante a noite toda.

*

Quando acordei de manhã, vi sua silhueta subindo e descendo pacificamente, no ritmo de sua respiração. Através das frestas entre as placas de madeira, filetes de luz adentravam no celeiro, iluminando-o. Seu ombro era coberto de sardas que eu nunca havia notado, aleatórias e lindas como uma constelação.

Eu saí do saco de dormir, fazendo o máximo de silêncio possível, vesti minha camiseta e os shorts, calcei as sandálias e fui ao encontro da manhã. Fazia um dia limpo e o sol já estava alto, suave e fresco como um ovo recém-descascado. O aroma da atmosfera era verde, amarelo e um marrom profundo e fértil. Sob a luz do dia, a casa da fazenda era menor do que eu havia pensado, apenas um andar, feita de madeira escura e coberta em ângulo íngreme por velhas telhas marrons. Parecia ao mesmo tempo ancestral e frágil, como se estivesse em pé no mesmo lugar desde o início dos tempos, mas pudesse facilmente ser destruída. Logo ao lado da entrada, a filha do fazendeiro alimentava um grupo de galinhas. A garota devia ter mais ou menos quinze anos, com um rosto luminoso em forma de coração e um sorriso tímido e infantil, e usava um lenço na cabeça. Ela me cumprimentou e nos convidou para tomar café da manhã.

— Estamos na cozinha — falou. — Venha e traga seu amigo.

Voltei para o celeiro e o encontrei já de pé, vestindo as calças por cima da cueca branca e justa.

— Oi — falei, ciente do meu tom de voz forçado.

Você subiu o zíper e se virou.

— Oi. — Parecia quase tímido, passando a mão pelos cabelos.

— Com fome? — perguntei.

— Morrendo.

A gente saiu do celeiro e foi em direção à casa. Havia um corredor escuro que cheirava a mofo, fuligem e terra. Nada parecia se mover. Uns poucos raios de luz revelavam um mundo de pontinhos de poeira flutuando no ar e, na parede, Jesus estava pendurado em uma cruz, os músculos e as costelas esculpidos, nu, exceto pela tanga. Por um instante, nós trocamos um olhar, intrigados, de repente próximos mais uma vez na escuridão. Ao passarmos pelo corredor que rangia, encontramos a cozinha à direita, onde a garota estava ao lado do fogão, debruçada sobre uma panela de leite fumegante. Ela havia tirado o lenço e os longos cabelos loiro-escuros cascateavam por toda a extensão de suas costas.

— Venham, sentem-se — disse uma mulher velha à mesa em um canto. — Devem estar com fome.

Nós nos sentamos em cadeiras de madeira que guincharam sob nosso peso. Tudo ali parecia estar coberto de poeira, gasto por gerações de uso. Os pratos eram lascados e colados; os desenhos nas xícaras, desbotados. Por uma janela pequena entrava a luz, fraca e perolada.

A mulher nos analisou, com um olhar astuto e curioso.

— Meu marido saiu — disse ela. — Fiquem à vontade.

Foi então que me dei conta de que ela não era tão velha, afinal, e que não era a avó da garota, mas sim sua mãe.

Pusemo-nos a comer. Havia pepinos e rabanetes, um pote de mel e um naco de pão. A filha trouxe o leite quente do fogão e o despejou em nossas canecas.

— Então, vocês são estudantes — falou a mãe.

— Sim, senhora — confirmou você em meio a um bocado de rabanete, aparentando estar mais à vontade do que eu me sentia. — Acabamos de concluir os estudos.

Ela assentiu com a cabeça, como se concordasse com algo incerto.

— É casado? — perguntou, olhando na sua direção.

— Não, senhora — respondeu você, sacudindo a cabeça e sorrindo para ela. — Por enquanto não. Ainda sou muito novo.

A mulher riu em seu tom rouco, exibindo um espaço onde deveriam estar os dentes da frente.

— E você? — Ela se virou para mim.

Pude sentir meu rosto corar.

— Não, senhora.

Tomei um gole de leite para esconder meu desconforto. Meus lábios resvalaram na nata mole que se formara no topo, incitando uma onda de náusea em meu estômago, e o líquido escaldou o interior de minha boca. Tentei manter a expressão séria e me estiquei para pegar o pão.

Ela nos observou comer, aparentando satisfação.

— Então, estão viajando. Sabem para onde vão?

— Só procurando por um lugar calmo. — Foi sua resposta. — Sabe nos recomendar algum, senhora?

Ela desviou os olhos para a janela, através da qual não era possível ver muita coisa, apenas o verde difuso das árvores e o vago azul do céu.

— Tem um lugar, não muito longe daqui, onde a gente colhe cogumelos no outono. Não é muito conhecido pelos viajantes. É bonito. — Os olhos dela brilharam e, por um instante, eu enxerguei, realmente enxerguei, que ela já havia sido jovem. — Vou contar para vocês como chegar lá.

*

Depois do desjejum, enrolamos nossos sacos de dormir e guardamos nossos pertences.

— Basta andar cerca de seis quilômetros e meio em linha reta, cruzando a floresta, a partir do entroncamento Marianki — orientou a mulher, parada na entrada da casa. — Vão saber quando chegarem.

— Obrigado. Vocês foram muito gentis — falei.

Ela tomou meu rosto nas mãos sólidas e cerosas e me deu um beijo seco na bochecha.

— Venham nos ver no caminho de volta. Façam uma boa viagem.

Em um vilarejo próximo, encontramos um caminhão pequeno indo na direção certa. O motorista levava um carregamento de cerejas para o Norte e o único espaço disponível para nós era na carroceria, entre as montanhas de frutas. Nós comemos além da fome. Estufamo-nos, manchamos as mãos, cuspíamos os caroços nos campos que cruzávamos. O céu era infinito e leve; parecíamos estar voando por ele. Quase todas as fazendas pelas quais passávamos tinham um ninho de cegonhas no telhado, com as criaturas elegantes sobre eles, descansando ou levantando voo para procurar comida depois da longa jornada da África.

Nós viajamos sem pausas. Passamos por pessoas trabalhando nos campos, com suas carroças e cavalos, homens, mulheres e crianças com enormes enxadas de madeira. Flores silvestres e altas campinas amarelas encontravam o céu azul e, então, a terra tornou-se mais plana e a primeira *cerkwie* surgiu no horizonte, as primeiras igrejas Ortodoxas, pretas, pequenas e misteriosas com seus domos bulbosos. Elas indicavam uma terra diferente, o início do Leste selvagem e inescrutável, onde reis costumavam caçar bisões e as planícies eram infinitas.

O motorista parou em um cruzamento quase invisível e colocou a cabeça para fora da janela.

— É aqui, garotos.

Nós saltamos do veículo e nos vimos em frente à entrada de uma floresta de pinheiros.

— Tem certeza? — perguntei.

Ele assentiu com a cabeça, nos desejou boa sorte e partiu, deixando uma nuvem de poeira para trás. Olhamos um para o outro, hesitantes.

— Temos certeza disso? — falei, ciente, de repente, de que estávamos a sós de novo, nervoso como no dia em que o conheci.

— O que mais podemos fazer? — perguntou você, com calma, sorrindo. — Vamos lá.

Sua mão em minha lombar me empurrou para dentro da floresta, fazendo um choque de calor percorrer meu corpo.

Havia uma trilha estreita, exatamente como a mulher havia dito. Nós adentramos no mar de pinheiros. No interior, era mais frio e mais escuro do que sob o calor do sol. Lado a lado, caminhamos por um leito de agulhas secas de pinheiro, da cor de canela. A noite anterior flutuava na superfície da minha mente, como uma boia: a chuva no telhado, o peso de sua cabeça em meu ombro. Tentei me livrar da lembrança. Você usava a mesma camisa de linho branco do dia anterior, que havia secado durante a noite, agora manchada de cerejas e desabotoada o suficiente para deixar à mostra sua clavícula, deixando adivinhar as auréolas escuras de seus mamilos por baixo do tecido.

À medida que a floresta se tornou mais densa e abafada, o céu parecia se afastar e a luz do sol mal nos alcançava. A pequena trilha, no entanto, feita pelos pés daqueles que caminharam antes de nós, estava sempre ali. Você ia na frente, com rapidez, e eu o seguia. Não conversamos, e você não se virou em momento algum para conferir se eu tinha ficado para trás, como se houvesse um fio conectado entre nós dois.

— Elas eram gentis, não eram? — falei a certa altura, para preencher o silêncio, para encobrir meus pensamentos.

Você fez que sim com a cabeça, sem olhar para trás.

— Sim. Elas eram.

E parecia tão profundamente imerso em pensamentos quanto eu. Nós continuamos a andar e as árvores se tornaram menos densas; o sol se derramou mais uma vez. E, pouco depois, à distância, conseguimos enxergar o final da floresta, algo cintilando por lá. Aceleramos o passo, quase correndo. Ao chegarmos às últimas fileiras, pudemos ver: uma clareira tomada por um lago enorme e brilhante, delimitado por grama alta, como se fosse um segredo. A gente se aproximou, meus joelhos fracos com a sensação da descoberta. A superfície da água brilhava sob a luz da tarde, um azul profundo e calmo. Não havia uma alma sequer por perto. Nós caminhamos até a beirada e deixamos que nossas mochilas caíssem no chão, os olhos correndo pelo lago que brilhava feito um espelho atingido pelo sol do meio-dia. A floresta ao nosso redor e nós no centro dela, protegidos e confortados por seu olho cintilante.

— Chegamos — sussurrei.

Você assentiu.

— Ela não exagerou! — a exclamação foi súbita, colocando-o em movimento.

Você despiu as roupas, abandonou-as uma por uma até estar completamente livre, o branco de sua bunda contrastando com o marrom das costas, saltando na água com um grito que ecoou por toda a clareira. Então, reemergiu, um sorriso triunfante no rosto.

— Você vem?

Primeiro, tirei as sandálias; depois, a camisa. Dobrei-a cuidadosamente e a deixei em um ponto macio do solo. Despi a bermuda e, então, com uma centelha de hesitação, a roupa de baixo. Você havia se virado na outra direção, nadado um pouquinho mais longe. Fiquei parado no lugar, sentindo o vento roçar meu peito, me fazer cócegas entre as pernas. Olhei para a água. Não conseguia enxergar através dela, não conseguia estimar seu conteúdo. Mesmo assim, entrei. E a água me envolveu por completo, com suavidade e frescor. Senti a mim mesmo de uma maneira nova, como se algo dentro de meu corpo tivesse enfim sido ligado. Era uma sensação de leveza, poder e completa inconsequência. Comecei a me mexer, cada movimento me impulsionando adiante. O céu acima de mim era mais claro do que a água, pontilhado com pequenas nuvens. Eu estava ciente do desconhecido abaixo de mim.

— Viu só? Você consegue! — gritou você do outro lado do lago, eufórico.

Eu me sentia calmo.

Meu corpo se moveu em sua direção e você me observou, subitamente tranquilo também. Com os braços estendidos para os lados, você parecia um dançarino de balé, pairando no ar em pleno voo. Sob a superfície da água, algo quente sacudiu-se em minha barriga. Eu me aproximei até conseguir enxergar as gotas d'água na sua testa, na ponta de seu nariz e nos cantos da boca. Não falamos nada. Olhamos um para o outro, já além das palavras. Você estava lá, eu estava lá, nós dois próximos, respirando. E eu me aproximei ainda mais. Fui até seu corpo, que aguardava, seu rosto calmo e aberto, as gotas em seus lábios. Seus braços se fecharam ao meu redor. Com força. E, então, éramos um só corpo flutuando no lago, sem peso, sem nunca tocar o chão.

*

Naquela noite, enquanto o sol começava a se pôr, armamos a barraca sob um pinheiro grande. Ainda fazia calor, o lago se tornara preto, cigarras cantavam calmamente e não havia luz alguma além da fina fatia de lua. Deitamo-nos em nossos sacos de dormir. O vento bateu suave na barraca, e o único som era o da árvore acima de nós balançando no ritmo dele, as agulhas farfalhando e sussurrando entre si. Nós ficamos deitados de costas, as mãos cruzadas sob a cabeça, nossos cotovelos tocando um no outro de leve. Através da aba no teto da barraca, enxergávamos o céu repleto de estrelas. Eram minúsculas e não parecia haver muitas, mas, quanto mais olhávamos, mais apareciam. Era impossível manter todas em meu campo de visão. Observá-las fez com que minha cabeça girasse, cálida.

— Estou feliz por isso ter acontecido — falei, gostando do som da minha voz, da vibração gentil dela em meu corpo.

— Eu também. — Você virou a cabeça na minha direção, seus olhos brilhando. — Eu sabia que ia acontecer desde o início — acrescentou, sorrindo.

— Ah, é?

— É. Quando você me olhou naquele primeiro dia, quando chegamos. Você é fácil de ler.

Eu ri e me aproximei de você.

— Ah, é?

Seu cheiro era de água e pinheiros. Havia suavidade e também solidez. Eu sentia seu bronzeado sob a ponta dos meus dedos e, com suas mãos fortes e resistentes, você me redesenhou do zero, me criando, minha lombar, o interior das minhas coxas... e você. Suas costas, seu peitoral, seu abdômen, suas coxas, seu pau. Rijo e impossivelmente próximo sob a maciez de sua cueca, acariciando a palma da minha mão, óbvio, devastador, exigente. Nós nos movemos com fervor, com esforço. Havia tanta coisa de que eu não conseguia me fartar, tanto que jamais seria capaz de compreender ou possuir, não importa o quanto tentasse. E eu tentei, nós tentamos. Cobrindo-nos um com o outro, nos mesclando em um só, ora puxando, ora seguindo a tração, deixando que a correnteza tomasse a frente. Nossos suspiros eram compartilhados, recusavam-se a nos libertar. Aquela noite me lembrou das fogueiras de Páscoa a que eu assistia quando criança no parque perto de casa, nas quais a pirâmide de madeira queimava do topo até a base, afugentando os fantasmas do inverno, trazendo consigo o degelo, liberando o calor da dormência, do sossego. As chamas me hipnotizavam. Eu me fundia nelas, em sua dança, destruindo e padecendo. A gente seguiu naquela batalha, sem fôlego e em êxtase, nossa cabeça leve, cheia e girando, até a exaustão, até nós alcançarmos o auge um no outro e adormecermos, emaranhados como ervas daninhas.

*

Não sei dizer quantos dias passamos naquele lago, porque cada um deles era como um mundo inteiro, cada momento novo e singular. De certa forma, aqueles me pareceram os primeiros dias da minha vida, como se eu tivesse nascido daquele lago, de sua água e de você. Como se eu tivesse trocado de pele e deixado minha vida anterior no passado.

O lago e a floresta tornaram-se nosso território. Nós pescamos, construindo varas com galhos e usando lascas de pão como isca, grelhamos os peixes — simples, cinzentos e deliciosos — sobre o fogo e os comemos com os dedos.

Entramos nas florestas atrás do lago e encontramos arbustos frutíferos e pequenas clareiras, do tamanho de salas de estar, onde galhos dependuravam-se sobre leitos de flores brancas. Nós nos deitávamos e fazíamos amor, adormecendo logo em seguida. Então acordávamos em uma felicidade difusa, com o sol ainda acima de nós e, quando voltávamos para a barraca, a única coisa que deixávamos para trás era o formato de nosso corpo na grama amassada.

O lago nos limpava a cada manhã e fim de tarde. Lavava o suor do verão e do sexo, talvez até mesmo as impressões digitais em nosso corpo. E, a cada vez que nadava, eu experimentava a mesma euforia da primeira vez que havia entrado no lago, um desafogo, uma leveza que não imaginava ser capaz de sentir. No decorrer daqueles dias, a vergonha dentro de mim derreteu como uma bala em minha boca, a dureza liberando doçura.

Eu flutuava na água e você se deitava na margem, lendo *O quarto de Giovanni*. A temperatura do ar era a mesma de nossa pele, ou um pouco mais fria, nos acariciando. Depois, a gente deitava lado a lado e observava as nuvens, acompanhando a mudança de seus formatos fantásticos: de irreconhecível a familiar, de familiar a irreconhecível.

*

Certa tarde, quase no final de nossa estadia, fomos até o vilarejo mais próximo, a cerca de uma hora de caminhada. Lá encontramos uma lojinha e compramos pão, pepinos, maçãs e cerveja. O sol descia no céu quando trilhamos o caminho de volta. Estava escuro antes de chegarmos à floresta. Você tinha esquecido a lanterna. O caminho estava iluminado apenas pela luz do luar. E, ao caminharmos pelos campos, a imagem do meu pesadelo de infância me ocorreu, como um desafio do passado — o silêncio vazio do mundo, os campos se estendendo em todas as direções, a sensação de ser encarado pelos monólitos. Mas eu nem sequer precisei decidir se sentia medo ou não. Eu não sentia. As lápides — junto da vergonha — eram uma mera lembrança, dissolvidas como cubos de açúcar na chuva de verão.

Juntos, atravessamos a floresta, absorvendo seus sons furtivos, até que alcançamos nossa clareira e vimos a lua sobre a superfície do lago. Nós paramos e observamos. Então, sem dizer uma palavra, nos despimos e entramos na água. Nadamos, destemidos, livres e invisíveis na escuridão brilhante.

4

A NOITE CAIU PARTICULARMENTE CEDO HOJE E, DO lado de fora, a cidade cintila do outro lado do lago, como um vestido de lantejoulas de aço. Eu estava com fome quando cheguei em casa e decidi fazer um sanduíche. O pão é branco e já vem fatiado. Do lado de cá, tudo que é preciso fazer é mastigar. Espalhei manteiga no pão e o polvilhei com açúcar. Não é a mesma coisa que comia em casa, mas foi o suficiente. Então, peguei o telefone e disquei o número da vovó. Continuava ocupado. Estou tentando há dias. Tentei não me preocupar e escrevi uma carta em vez disso, perguntando como ela estava. É lógico que vão abri-la e ler antes que ela o faça. Mas eu já não me importo.

Depois disso, liguei a TV. As notícias estão piorando: estão perseguindo a oposição, prendendo as figuras-chave de Solidarność, dispersando a resistência, indo atrás dos líderes sindicais. É provável que estejam os torturando, disse a apresentadora, o belo rosto pragmático. Eu acredito. Não quero acreditar, mas não consigo evitar. Pergunto-me: será que você está envolvido? Essa é a questão que me segue para todos os lados, como uma sombra. Você ainda defenderia o Partido agora?

Talvez a pior parte seja não ter ninguém com quem conversar, ninguém que possa abrir as janelas e arejar essa atmosfera estagnada de especulação. Sei que, em algum momento, vou precisar encontrar alguém em quem confiar. No escritório, todos os dias eles me perguntam como estou, mais ou menos uma dezena de vezes. Levou um tempo para eu compreender por que ficavam tão confusos com minhas tentativas de responder; para entender que minha resposta não é o propósito da pergunta. O propósito é a pergunta em si. Então agora digo que estou bem. Até mesmo tento sorrir. Mas sinto que, de uma forma ou de outra, a palavra "estrangeiro", por algum motivo, me absolve do julgamento deles. Para eles, ela provavelmente explica minha estranheza por completo.

***

Quando ainda era criança, minha mãe e a vovó se trancavam no quarto de minha mãe todas as noites. Eu não sabia o que elas faziam lá, e nunca me deixavam entrar. Toda vez que perguntava, diziam que eu não tinha idade o suficiente para saber.

— E você não pode contar para ninguém que fazemos isso — dizia minha mãe, se agachando até a minha altura e colocando as mãos grandes nos meus ombros. — Entendeu? Ninguém. Se contar, algo ruim pode acontecer com a gente. — Seu rosto era tenso, as linhas de expressão profundas acima das sobrancelhas dando a ela uma aparência exausta.

— Vocês estão fazendo algo ruim? — perguntei, assustado.

— Não, meu querido. — A voz dela ficou doce. — Mas, mesmo quando não é feito algo ruim, ainda assim algo ruim pode te acontecer.

— Por quê?

Ela tentou suavizar a expressão, mas as linhas em sua testa não desapareceram por inteiro.

— É como as coisas são.

Não me disseram mais nada, não importava o quanto eu implorasse. Eu apertava a orelha contra a porta, mas tudo o que conseguia ouvir eram vozes muito baixas, indistintas e meio crepitantes. Não enxergava nada: a fechadura estava bloqueada pela chave. Depois de um bom tempo, elas emergiam do quarto conversando em tom urgente e sussurrado; às vezes tristes, às vezes quase alegres. E, embora eu estivesse acostumado com o ritual noturno, ainda me frustrava ser excluído de seu segredo.

No dia em que descobri que Beniek e a família tinham ido embora, minha mãe chegou em casa e me encontrou em meu quarto, encolhido, chorando. Ela deve ter percebido que era algo sério, porque eu não chorava com frequência e, quando me perguntou qual era o problema, as lágrimas sufocaram minhas palavras. Ela se sentou na cama e eu coloquei a cabeça em seu colo, o tecido da saia frio em contato com minha bochecha, seus braços ao meu redor. Continuei a chorar, encorajado pelo conforto, deixando que as lágrimas saíssem até que não restou nenhuma. Ela afagou meu cabelo e, quando me acalmei, contei que tinha ido ver Beniek, contei sobre a mulher que abrira a porta e o que a moça da igreja havia dito.

— Por que eles foram embora? — perguntei. — Eles vão voltar?

Enxerguei a indecisão nos olhos dela. Antes que pudesse falar, a vovó apareceu na porta, como se tivesse escutado a coisa toda.

— Acho que agora ele já tem idade suficiente — disse ela, olhando seriamente para minha mãe. — Ele precisa saber.

Minha mãe correu o olhar da vovó para mim e ficou em silêncio por um instante.

— Ludzio, você não vai contar para ninguém, vai?

Sacudi a cabeça em negativa, de repente arrancado de minha tristeza. Ela olhou para o relógio de pulso.

— Venha, então.

Nós fomos até o quarto dela, onde a vovó fechou a porta atrás de si, e também a janela e as cortinas. Ainda estava claro do lado de fora, as crianças brincando de amarelinha na rua, saltitando do inferno ao céu pela calçada.

— Antes de mais nada, você precisa ficar quieto — disse a vovó, apontando para a parede que dividíamos com os vizinhos. — E não faça perguntas até terminar. Só escute.

Ela foi até a cômoda e ergueu a capa protetora do rádio, revelando sua estrutura compacta, a madeira escura e lisa brilhando no escuro. Nós colocamos três cadeiras ao redor dele e nos sentamos. Minha mãe apertou o botão preto e ajustou o sintonizador com cuidado. A princípio, não ouvimos nada além de um crepitar baixo. Então, música soou, uma flauta tocando uma melodia alegre. Quando acabou, pude sentir o corpo da minha mãe e o da vovó ficarem tensos. Uma voz começou a falar:

— Você está ouvindo a rádio Free Europe, transmitindo ao vivo de Munique, na Alemanha Ocidental. Notícias às oito horas. Segunda-feira, 21 de junho de 1968.

A voz do homem era diferente daquelas que geralmente eram ouvidas no rádio. Era mais calma, menos agressiva. Ele não estava gritando nem proclamando. Minha mãe e a vovó estavam paralisadas nas cadeiras, o queixo apoiado nas mãos, que cobriam a boca. Tentei me concentrar como elas, mas não entendi muito do que foi dito. O locutor usava muitas palavras que eu não conhecia, acrônimos que não significavam nada para mim. Era como se fosse outro idioma. Em certo ponto, mencionou "Israel", aquelas sílabas pontiagudas que haviam se tornado tão potentes em apenas um dia. Eu tentei adivinhar o significado de tudo aquilo, mas enxerguei apenas lacunas. Quando o programa acabou, minha mãe moveu o sintonizador de volta para outra estação e aumentou o volume. Isso, descobri, era o que ela fazia todas as noites, para que ninguém jamais soubesse que tinham escutado a estação proibida. E, enquanto a música tocava, começaram a explicar. Falaram sobre os judeus, que muitos deles viveram na Polônia antes. Por um milênio. Falaram que a maioria deles havia morrido nos campos que os alemães haviam construído durante a guerra. A vovó se lembrava de ver seus vizinhos serem forçados a entrar em trens e nunca mais voltarem a ser vistos. É lógico que não era isso o que nos ensinavam na escola. Lá, diziam que os alemães haviam subjugado os polacos e que nossos irmãos russos nos salvaram. Os judeus não eram poloneses, é claro. Alguns polacos ainda os culpavam pela guerra. Naquele ano, contou minha mãe, estava ocorrendo certa inquietação, greves estudantis emergindo por todo o país. Então, o Partido tinha se voltado contra os judeus. Foram chamados de traidores, demitidos de seus empregos. Por isso a família de

Beniek tinha ido embora. Uma vez que partiam, ninguém nunca mais falava deles. Em um dia, seu país é seu e, no dia seguinte, não é mais.

A partida de Beniek significou o fim da minha infância, e da infância de minha mente: era como se tudo o que eu tinha pensado antes se revelasse falso; como se por trás de cada coisa inócua no mundo houvesse algo muito mais sombrio e feio. Todas as noites a partir disso, a vovó e minha mãe me deixavam entrar no quartinho. Nós nos agrupávamos perto do alto-falante, quietos e sérios, inclinados para a frente, ouvindo as vozes do outro lado do Muro e, quando o programa terminava, a vovó e minha mãe me explicavam algo novo a respeito da nossa história. Contaram-me como o país esteve dividido entre a Rússia e a Alemanha por mais de um século, como ele tinha deixado de existir nos mapas. Contaram-me como nossa cultura tinha sobrevivido clandestinamente, com pais ensinando aos filhos seu idioma e sua história proibidos, e como o país enfim conquistara a independência depois da Primeira Guerra Mundial.

Também me ensinaram a respeito da guerra que veio depois, a versão que ninguém nos falava. Como, depois de anos de ocupação, os habitantes de Varsóvia ergueram-se contra os nazistas, como os soviéticos chegaram e, em vez de apoiarem a Revolta, ficaram do outro lado do rio Vístula e aguardaram. Eles sabiam que venceriam a guerra, sabiam que, em algum momento, os alemães recuariam; então, deixaram que se vingassem dos polacos. Os soviéticos assistiram à cidade ser dizimada e sua população ser massacrada ou deportada. Quando os alemães por fim foram embora, restavam menos de mil sobreviventes na capital.

Acho que você acreditou naquilo que nos contaram na escola, que os soviéticos foram nossos salvadores. Que estavam do lado do bem. Nossos aliados. Às vezes, eu queria ter sido tão leve como você. Afinal, não havia prazer algum naquelas noites no quarto de minha mãe, naquelas terríveis exposições da verdade. Tratava-se de um ritual cuja atração era forte demais para resistir. Mesmo que eu não conseguisse compreender tudo, entendia o suficiente para que a raiva se acumulasse no fundo de meu estômago. O fato de não poder contar a ninguém tornava tudo pior. Tinham me entregado um presente envenenado, realidades poderosas que eu jamais poderia admitir saber. Minha mãe me fez jurar nunca comentar nada com ninguém, ou ela acabaria demitida do trabalho — ou pior.

Imagino que a parte mais assustadora era a falta de certezas. A década de 1950 havia terminado e as pessoas já não desapareciam por simplesmente falarem o que pensavam. Mas na década de 1960 — e até mesmo depois — as coisas eram mais arbitrárias. Quase tudo era possível, dependendo de quem viesse a fazer uma denúncia e do que eles pensavam que poderiam conseguir. Mesmo com minha intuição infantil, eu sentia que uma mãe solteira era mais vulnerável do que a média.

Então, assim como antes, eu participava das saudações matinais na escola, fazia reverências em frente ao retrato pendurado atrás da mesa dos professores, do rosto arcaico e amarrotado de Gomułka, o líder do Partido, que nos olhava feio. Eu comparecia às marchas, aos desfiles, às celebrações de Primeiro de Maio, aos aniversários da Revolução de Outubro. Levantando faixas com slogans servis, louvando nossos irmãos soviéticos e entoando as canções que eles nos ensinaram. Eu era como o garotinho no conto de Hans Christian Andersen, "A roupa nova do imperador", com a exceção de que não abri a boca. Fingi não enxergar a verdade óbvia: que nós nunca havíamos pedido por esse sistema. Que fomos forçados a adotá-lo. Eu aguentava as aulas e suportava tudo, carregando o banimento de Beniek dentro de mim, a bile se acumulando em minhas profundezas. Nos intervalos, eu arranjava brigas com outros garotos, saindo delas com o nariz sangrando ou a boca arrebentada e um alívio temporário. E jurei que nunca me tornaria um deles, uma das pessoas que levavam vidas de mentira em submissão ao sistema.

***

Um dia, ao sair do lago, você me perguntou se eu tinha namorada. Eu balancei a cabeça em negativa, desconcertado pela questão. Você estava abaixado, secando as coxas, e eu não enxergava seu rosto. Sorri para esconder meu constrangimento, mesmo que você não estivesse me vendo.

— Não — respondi, por fim. — E você?

Você tinha alcançado os pés. Observei-o passar um canto da sua toalha fina por entre os dedos. Então você ergueu os olhos, confiante de que eu estava aguardando sua resposta.

— Não — falou, com cuidado. — Não exatamente.

— O que isso quer dizer?

Você se endireitou, jogando os cabelos para trás com a mão. Parecia, ao mesmo tempo, insolente e entretido.

— Quer dizer que eu costumava ter. Mas não mais. Agora eu prefiro isso.

E, antes que eu pudesse fazer qualquer outra pergunta, antes que pudesse avaliar suas palavras e os corredores que espreitavam além delas, você se aproximou e me puxou para si. Sua boca assentou-se em meu pescoço, ávida. *Como um vampiro*, pensei, e fechei os olhos.

*

Na última manhã no lago, guardamos nossas coisas e desmontamos a barraca. Nós a assistimos desmoronar como um balão de ar quente murchando. Então a esticamos, dobramos seu corpo sem vida e a guardamos na mochila cilíndrica. Fizemos tudo isso sem trocar uma palavra sequer.

— Você sabe que não podemos contar a ninguém, certo? — disse você, de repente sério, fechando a mochila.

— Sobre o quê? — perguntei. Sabia exatamente o quê. Meu estômago parecia uma toalha sendo retorcida. Eu o observei reunir as hastes espalhadas pelo chão, voltar a abrir a mochila e as enfiar lá dentro.

Você me lançou um olhar furtivo.

— Sobre isso.

Peguei um graveto do chão e o joguei na direção do lago, o observando voar e cair em vão, sem fazer som algum.

— É. Acho que não podemos.

Não havíamos conversado sobre "nós", ou sobre como seria quando estivéssemos de volta à cidade, ou sobre qualquer coisa assim. Não existia um "nós". É lógico, eu tinha pensado a respeito disso, tive vontade de perguntar: "O que é isso? O que vamos fazer com isso quando voltarmos?".

Mas nunca perguntei isso sob o brilho da luz do dia, não teria ousado. Talvez eu esteja confuso agora, os momentos se misturando um no outro, desfigurando um ao outro, como se fossem vozes demais falando ao mesmo tempo. No entanto, agora que penso a respeito disso, lembro que só me arrisquei a perguntar na última noite, enquanto estávamos deitados na escuridão da barraca, prestes a adormecer depois de termos feito amor. Eu soltei a questão para o escuro, com medo. Por um momento interminável, você não disse nada, e pensei que tinha dormido. Finalmente, ouvi seu sussurro:

— Não quero que isso acabe.

Com meu coração batendo com força, colidindo contra o meu peito, respondi:

— Eu também não.

*

Quando chegamos à cidade, a luz vinha de todos os cantos, ricocheteava de cada fachada, tão calorosa e radiante quanto eu sentia estar repleto de alegria e ansiedade. Eu já não estava mais no controle. Ficava pensando no lago, na barraca — compulsivamente, como o nascimento de algo que ainda não era capaz de imaginar. Eu tinha encontrado meu lugar no seu corpo de arenito, no meio de suas coxas, entre as colinas dos seus mamilos, na caverna debaixo de seus braços. De repente, sua topografia era tão nítida quanto a da cidade, as linhas de seu corpo como as retas ininterruptas das avenidas, dos trilhos do bonde e das barreiras de metal rígido que lançavam sombras entrecruzadas nas ruas. As mesmas barreiras que pareciam estáveis, mas que podiam se mover sob o peso de alguém, rangiam quando se apoiava nelas por tempo demais, ameaçando nos soltar no piche dominado por carros.

Quando cheguei ao meu apartamento, o lugar me pareceu menor do que antes. Assim que entrava, a cozinha estava à direita. Era comprida e estreita, grande o suficiente apenas para comportar minha senhoria, *pani* Kolecka. Aquele era o território dela. Não importava o quanto os suprimentos eram escassos, o quanto o racionamento era rigoroso, ela estava sempre lá, cozinhando. De alguma forma, sempre havia açúcar, farinha e algo que ela fazia render ou conseguia em escambos. Havia tortas de maçã *szarlotka*, bolos *babeczka* com creme, ou biscoitos de gengibre em camadas com geleia de ameixas. Ela cozinhava como se a vida dependesse disso, e talvez fosse verdade. Eu a amei desde o momento que me mudei para lá, recém-chegado de Wrocław, tendo recebido a indicação do centro de acomodação estudantil. Eu amava sua voz calorosa, a presença suave e o rosto infantil. Ela parecia tão velha de um modo que quase a fazia atemporal, como se fosse um ser de outro mundo. Em geral, ela dormia no sofá marrom na sala de estar, ao lado da mesa na qual comíamos e do armário com a coleção de pedras que o marido havia deixado. Mas, no verão, o quarteirão esquentava como uma estufa e, às vezes, quando me levantava à noite para ir ao banheiro, a via dormindo ali, no chão de azulejos da cozinha, com a porta aberta, grande e serena como uma criatura trazida pelo mar.

A porta do meu quarto ficava ao lado do armário de pedras. Lá dentro, estavam uma cama dobrável e uma mesinha que se empurrava para o lado para poder abrir a porta da sacada. Nós ficávamos no sétimo andar. Tudo o que se podia ver era o topo de outros blocos, feito cabeças de pessoas à frente em uma multidão.

Você e eu morávamos em lados opostos da cidade: eu na Zona Oeste, você na Zona Leste, separados pelo Wisła. Um bonde nos conectava, atravessando a Cidade Velha e o rio. Ao sul, sempre visível, o gigantesco Palácio da Cultura destacava-se sobre o restante da cidade.

Eu morava onde antes existira o Gueto, onde os nazistas haviam colocado tudo abaixo, para não deixarem rastros de seus crimes para trás. Wola era o nome do bairro, que significa "vontade" ou "determinação". O Partido o havia reconstruído como parte de seu sonho socialista. Uma rede de blocos idênticos enfileirados de modo sistemático como caixas de papelão, até onde a vista alcançava. Nós chamávamos isso de *blokowisko*. Havia novos parques, novas árvores e novas crianças, brincando alheias entre os quarteirões, sobre camadas de pegadas invisíveis e na poeira de vidas esquecidas.

Você morava em Praga, um dos poucos bairros que passaram quase ilesos pela guerra, onde os russos haviam aguardado e assistido à destruição da cidade pelos alemães, de onde haviam observado, sem disparar um único tiro, enquanto os alemães destruíam Wola. Enquanto, silenciosa e lucidamente, eles dizimavam a Cidade Velha, os museus, as bibliotecas, os arquivos, deixando que um mundo inteiro queimasse até o esquecimento.

*

Nas primeiras semanas depois de nosso retorno, Varsóvia estava vazia e quente. Nós caminhávamos pelas avenidas iluminadas, comprávamos frutinhas e cabeças de girassol das velhinhas e, então, os comíamos nos Jardins Saski, perto de minha casa, ao lado do morro com o pavilhão branco.

Parávamos em bares de leite. Tomávamos sopa fria *chłodnik*, o leite coalhado e comíamos as beterrabas cor-de-rosa que traziam conforto para nossa garganta. Bebíamos *kompot* de frutas, que tingia nossa língua e, como sobremesa, macarrão com manteiga derretida e geleia de framboesa. Depois, de barriga cheia e contentes, nos deitávamos na grama alta perto do zoológico em Praga e observávamos o céu através dos galhos maciços das árvores acima de nós. Nossas palavras, nossas histórias, jorravam como nascentes d'água. Eu contei para você sobre minha mãe e a vovó, e até falei sobre meu pai. Como ele tinha deixado a gente quando eu era bem pequeno, como mal conseguia me lembrar dele. Como eu mal queria me lembrar. Ele havia se mudado para Kalisz e nunca tinha visitado, e tudo o que víamos dele era o topoamento da pensão alimentícia escassa que o carteiro trazia todo mês. Minha mãe sempre disse que ele nunca quis filhos, que a queria toda para si, para amar e controlar.

Você ouviu, ouviu de verdade, seus olhos gentis me assimilando sem julgamento, me fazendo sentir mais compreendido do que eu achava que fosse possível. Então me contou da sua família nas montanhas. Dos seus irmãos, os quais você havia admirado quando criança e que se tornaram "zés-ninguéns", beberrões como tantos outros, perdendo a consciência a cada vez que o pagamento caía, cujos corpos a polícia retirava dos bancos e das ruas e deixava da noite para o dia nas celas destinadas a embriagados. Falou de seus pais e do trabalho deles na serraria. Como eram ignorantes a seu respeito.

— Eles mal sabem o que isso significa — disse você, correndo os olhos pela cidade. — Quero mostrar a eles. Eles podem sentir orgulho de mim.

Contou-me de seu trabalho, que começaria em uma semana.

— Para a Secretaria de Gestão de Imprensa — disse, quase em um sussurro, como se pronunciasse o nome de um deus.

Um arrepio percorreu meu corpo e me fez esquecer que era verão.

— A Secretaria de Censura, você quer dizer — falei, desprezando-o por um instante. — Aqueles que proíbem os livros de que mais precisamos.

Uma pontada de irritação surgiu em seu rosto.

— Não seja tão antiquado. Todo mundo precisa começar de algum lugar. Tem alguma ideia melhor?

— Vamos embora — falei, surpreso pelo atrevimento da ideia.

Sua expressão, no entanto, foi apenas de quem achava engraçado.

— Para onde você gostaria de ir? Roma, Paris?

— Não estou brincando, Janusz.

— Sabe de uma coisa, Ludzio? Você é um maluco. Olhe ao redor. — Estávamos protegidos pela grama alta, o sol brilhando acima de nós. — Por que deixaríamos tudo isso aqui para trás?

Naquela noite, pegamos o elevador até o topo do Palácio da Cultura e vimos a cidade estendendo-se diante de nós, sua vastidão subitamente minúscula, seus limites — as chaminés de fábricas e a floresta atrás das últimas casas — um segredo desvendado. O Wisła serpenteava pelo meio da cidade e seguia em frente, para além das estruturas construídas por mãos humanas, indo na direção das montanhas ao sul e do mar ao norte. A névoa do calor do dia se dissolvia sobre os quarteirões. O verão estava em seu auge, o passar do tempo suspenso. E eu queria que ele nunca voltasse a correr. Como um dado, girando e girando, sem jamais parar.

*

As semanas se passaram e eu não via Karolina desde o acampamento. Decidi visitá-la. Ela alugava o quarto de uma operadora de guindaste em Żoliborz, no extremo norte, a única parte da cidade que Bowie conhecera, quando o trem em que ele estava parou no trajeto de Moscou para Berlim, poucos anos antes de você e eu nos conhecermos. Foi isso o que o fez escrever "Warszawa", uma música muitíssimo triste. Mas Żoliborz não é, nem de longe, a pior das vizinhanças. É um bairro residencial, constituído de apartamentos ao estilo Bauhaus, de 1930, uma cidade-jardim decrépita. Há árvores por todos os lados, enormes e indiferentes, e carpetes de grama ocupam cada espaço entre os prédios cinzas. Durante o verão, é um mundo em dois tons: cinza e verde. Mas, é lógico, Bowie a viu no inverno, quando uma cor é tudo o que resta.

Bati à porta de Karolina. A operadora de guindaste a abriu, usando bobes no cabelo e um robe envolvendo seu corpo em forma de barril. Ela me conhecia, embora nunca demonstrasse nenhum sinal disso. Com um "bom dia" seco, a mulher me conduziu pelo corredor, decorado com maços vazios de cigarros ocidentais (Camel, Ambassador, Marlboro) dispostos em uma prateleira. Ela me levou até o quarto de Karolina, e bateu à porta antes que eu tivesse a oportunidade. Os bobes balançaram em seus cabelos curtos.

— Senhorita Patocka — gritou ela —, outro homem para você!

Lançando-me um olhar de satisfação, ela se afastou. A porta foi aberta e o rosto de Karolina surgiu, abrindo-se em um sorriso.

— Ludzio, é você. — Ela me beijou nas duas bochechas, a blusa macia em contato com meu antebraço despido. — Entre, feche a porta.

Ela atravessou o quarto, recolhendo roupas que estavam dispersas no chão, na cadeira de sua escrivaninha e na cama e as enfiou em um guarda-roupa no canto.

— Não repare na bagunça — disse minha amiga, se atirando na cama e me encarando com os olhos arregalados. — Não estava te esperando. Mas estou feliz por ter vindo. Sente-se. — Ela deu um tapinha no espaço ao seu lado. Eu obedeci. — Ela foi muito cruel? Espero que não. — Karolina olhou para a porta e revirou os olhos.

— Não ficou nem um pouco mais refinada.

— Ouviu como ela tenta me humilhar?

— Como se aquilo pudesse te humilhar... a visita de mais um cavalheiro.

Ela sorriu, os lábios tingidos de coral esticando-se sobre os dentes grandes.

— Então, como tem passado? — Ela me olhou por um momento, como se me lesse. — Você mudou — falou, calma, como uma vidente anunciando o destino de alguém.

— Mudei? — Fiz uma careta.

— Seu rosto. — Ela ergueu a mão na direção dele, o dedo médio pousando na maçã de meu rosto. — Parece que algo se abriu, algo que estava dobrado bem apertado. Como um punho. Nunca tinha reparado antes, mas agora vejo isso.

— Pode guardar suas palavras sábias para a visita de outro cavalheiro. — Eu ri, afastando a mão dela com gentileza. — Eu continuo o mesmo.

Ela deu de ombros, erguendo-se da cama e sentando-se à escrivaninha, que também servia como penteadeira, com um espelho na parede. Uma foto de Isabelle Adjani estava enfiada entre a moldura e o vidro do espelho, um registro de divulgação de *O inquilino*, de Polanski. Adjani parecia absorta por trás de um par enorme de óculos de casco de tartaruga, os cabelos volumosos e frisados, dedos cobertos de anéis apoiados ao lado dos lábios de maneira sedutora. Karolina pegou uma pinça e começou a tirar os pelos de uma sobrancelha. Estava sentada de costas para mim. No reflexo do espelho, parecia alarmada e concentrada, seu olhar indo de seu cenho para a foto e depois para mim.

— Não me faça arrancar palavra por palavra de você... Como foi com ele?

Ela nunca o chamava pelo nome.

— Foi bom — respondi, dando de ombros, tentando parecer tão espontâneo quanto possível. — Acampamos ao lado de um lago. Nadamos, pescamos. Foi divertido.

— Hmmm. — Karolina correu a ponta do dedo anelar sobre a sobrancelha na qual estivera trabalhando e passou para a outra. — Não fazia ideia de que vocês dois eram amigos. — Sua voz soava distraída, mas eu sentia que o desinteresse era artificial.

— Ele me convidou na última noite, na floresta — falei, tornando a balançar os ombros. — E, na verdade, não éramos amigos. Ele não tinha ninguém para acompanhá-lo e eu não tinha nada para fazer, então pensei que não havia por que não ir.

Ela parou o que estava fazendo e seus olhos correram por mim no espelho.

— Você sabe que pode *me* contar, certo? — disse ela, com suavidade. As palavras me trespassaram como uma corda retesada.

— Não há nada para contar — falei, olhando para ela por um instante e, então, me virando para a janela.

Um silêncio se seguiu e, em seu decorrer, tentei decidir se minha raiva súbita era de Karolina ou de mim mesmo, por ser incapaz de falar a verdade. Do outro lado da porta, ouvimos um rádio tocando a música de uma banda marcial com toda empolgação e insistente alegria.

— O que conta de novo? — obriguei-me a perguntar.

— Eu? — Ela continuou a arrancar os pelos. — Sua amiga aqui conseguiu um emprego.

— Como é? Isso é ótimo.

Ela repousou a pinça, tirou um cigarro de um maço sobre a mesa, acendeu-o e soltou a fumaça rapidamente pelas narinas. A ponta dos dedos dela estava enegrecida por conta da fuligem de seus Snagovs romenos baratos.

— Como secretária de algum otário no Ministério da Justiça. — Ela soou como uma juíza anunciando uma sentença de prisão: pragmática e levemente contente.

Fiquei perplexo.

— E as suas notas? Você não ia estagiar com os advogados de divórcio?

— Não tinha vaga. — Karolina exalou a fumaça com a cabeça baixa, encarando o carpete. Pude ver seus cílios apontados na direção do chão. — No final das contas, eu não tinha chance de conseguir nada sem ter conexões, independentemente das minhas notas. Quem é que eu estava querendo enganar, não é? — Ela suspirou e ergueu a cabeça. Por um instante, seus olhos tristes resvalaram nos meus e, então, seu rosto virou para a janela. — Mas talvez seja melhor assim, não sei. Talvez eu teria odiado o trabalho. Talvez tente de novo no ano que vem.

Assenti com a cabeça, tentando mostrar encorajamento.

— Sim, tente mesmo. Isso é só algo temporário.

Ela fez que sim, como se estivesse se esforçando para acreditar em mim.

— E como é? — perguntei.

Ela deu de ombros e tragou fundo.

— Comecei só semana passada. Não me pergunte o que fazem de verdade naquele escritório. Eu levo vodca para o meu chefe de manhã e datilografo uma ou duas cartas à tarde. Tirando isso, ele me trata como uma atração para os colegas. Pediu que eu usasse meu suéter justo com mais frequência. É o que ganho pelos quatro anos de educação superior.

Ela pegou um cinzeiro da escrivaninha e esmagou o cigarro inacabado.

— Eu fumo demais — murmurou, devolvendo o cinzeiro ao lugar, e tentou sorrir para mim.

— Venha cá. — Eu indiquei o espaço ao meu lado em sua cama com um tapinha. Ela obedeceu.

Sua cabeça afundou em meu ombro e eu passei um braço ao redor dela. Ficamos assim por um tempo, nos observando no espelho e procurando alguma coisa em nosso reflexo.

— Sinto muito — sussurrei, por fim.

— Ah, não precisa. As coisas nunca acontecem do jeito que a gente imagina. E, de qualquer forma, eu dei sorte. Pelo menos tenho permissão de ficar na cidade agora que nos formamos. Se não fosse por isso, teriam me mandado de mala e cuia para Tychy, e Deus sabe o que eu estaria fazendo por lá. Morando com meus pais. — Ela se endireitou e tentou rir. — Só não sei se vou conseguir suportar por muito tempo.

— Você não vai precisar suportar — falei. — Tenho certeza.

— É? — Havia dúvida nos olhos dela, uma necessidade de conforto.

Eu assenti com a cabeça e a puxei para meus braços. O corpo dela parecia um forno. Quase senti que eu mesmo estava queimando.

— Aquilo engole todos os seus pensamentos, todo o respeito que tem por si mesmo — disse ela, uma nota de desespero na voz que eu raramente a ouvia usar. — Já consigo me ver virando uma daquelas secretárias amargas.

— Isso não vai acontecer com você — falei, segurando-a pelos ombros e encarando fundo seus olhos. — Vou garantir que não aconteça. Não enquanto eu estiver vivo.

Ela sorriu e me soltou.

— Viu só, é verdade que você mudou — comentou ela. — Virou uma pessoa otimista.

Karolina se ergueu e foi até a janela. Galhos com folhas de um verde ofuscante balançavam-se em meio à brisa, lenta e pacificamente. Ela abriu a janela e ficou parada ali por um momento, olhando para fora e inspirando com força.

— E você? Decidiu o que vai fazer, Ludzio?

— Tive um tempo para pensar durante o verão — respondi, ciente demais de minha própria voz. Estava encarando as mãos, agrupando minhas palavras. — Acho que, no final das contas, vou tentar aquele doutorado. Sabe? O que o professor Mielewicz disse que eu deveria fazer.

Devagar, ela se virou para mim, o rosto imóvel.

— É mesmo?

Dei de ombros, encontrando os olhos dela por um momento. Estavam ao mesmo tempo duros e vulneráveis.

— O que te fez mudar com ideia?

— Repensei o assunto. A mesada do meu pai vai acabar em breve, eu preciso fazer alguma coisa. Talvez isso seja melhor do que apodrecer em alguma escola ou em uma biblioteca, não acha?

— Você disse uma vez que preferiria trabalhar em uma fábrica a trair seus princípios.

Eu mordi o lábio.

— Bom, não era verdade, não é mesmo? — falei, tentando sorrir.

— E quanto ao tema? E se te fizerem escrever sobre o que eles querem?

Dei de ombros mais uma vez, com mais intensidade.

— Eu dou um jeito de contornar a situação. Ou não.

Ela assentiu, voltando-se para a janela e colocando as mãos no peitoril. Eu me levantei e me juntei a ela.

Além dos galhos, nas casas do outro lado da rua, roupas estavam penduradas em varais presos nas janelas: o tecido da vida dos outros secando ao sol, oscilando com o vento. Vestidos enormes em vermelhos desbotados e amarelos--mostarda, camisas com golas endurecidas que lembravam homens obesos sempre que uma lufada de vento as inflava por dentro, toalhas gastas pelo passar dos anos. Na rua, garotas de meias altas brancas haviam desenhado caixas no chão usando giz. Elas contavam e cantavam, pulando em uma perna só do inferno ao céu.

— Eu estava falando sério quando disse que ir embora é sempre uma possibilidade — disse Karolina, erguendo a cabeça na minha direção. — Você sabe disso, certo? Meu tio em Chicago poderia encontrar algo para nós. Ou, então, podemos pegar um ônibus de turismo para a Alemanha, ou para a França, e simplesmente descer e fugir. — E, de certa forma, ela deu um sorriso triste.

— Não é preciso tomar nenhuma decisão com pressa — falei, sentindo o peso do olhar dela. — Nós sempre dissemos que tentaríamos a vida aqui primeiro. Talvez as coisas melhorem.

— Nada nunca melhora nesse lugar — rebateu ela, fechando a janela e voltando para a cama.

— Nós ainda não temos certeza disso.

— Não temos? — Karolina me olhou com curiosidade. — Acho que você ainda precisa descobrir por conta própria.

*

No dia seguinte, fui andando até a Cidade Velha, ao longo do Passeio do Novo Mundo, Nowy Świat, passando por cafés e lojas movimentadas, pela igreja onde o coração de Chopin está enterrado em uma coluna de mármore rosa e onde os estudantes organizaram seu levante em 1968 e apanharam da polícia. Atravessei o portão de ferro da universidade e adentrei nos terrenos da faculdade. Era estranho estar ali no meio do verão, antes de o período letivo começar: travessas e gramados vazios e as enormes árvores de sombra sem ninguém embaixo delas, a biblioteca deserta, exceto por um ou outro pesquisador. A paz do lugar me surpreendeu. Senti-me como um fantasma ao cruzar o departamento de literatura, o corredor que ecoava cada um de meus passos, e bater na porta maciça que dizia “Professor Mielewicz”. Mal pude acreditar quando meu toque foi respondido com um “entre”. Como de costume, o professor estava sentado em sua poltrona, cercado por pilhas de livros, papéis empilhados à sua frente como os arranha-céus instáveis de uma cidade imaginada. Ele era um homem roliço, na casa dos cinquenta, com cabelo escuro que escovava para trás na cabeça enorme, um rosto expansivo e simpático com óculos redondos.

— *Pan* Głowacki, que prazer em vê-lo — disse o professor, calmo, como se, de algum jeito, já soubesse que eu viria naquele exato dia. — Sente-se. — Ele fechou o livro que estava lendo, deslizando uma caneta por entre as páginas. — Veio para falar a respeito do doutorado, não é mesmo? — Ele sorriu, sábio.

— Sim, professor. — Concordei com a cabeça.

— Quer fazê-lo, então?

Ele me olhou com atenção, quase diretamente demais. Fez com que eu me sentisse transparente.

— Sim, professor — repeti, dessa vez um pouco menos seguro.

— Ótimo. — Ele sorriu e inclinou o corpo para trás, tirando os óculos e esfregando os olhos como se estivesse enxugando algo. — Você sabe no que está se metendo?

Hesitei.

— Não muito, senhor. — Ele soltou uma risada profunda e austera. — Mas quero tentar.

— Esse é o espírito. — O professor voltou a se inclinar para a frente e apoiou os braços espessos na mesa, os dedos se tocando na ponta. — Porque, veja bem, eu não posso garantir nada. Em última instância, o conselho precisa aceitar sua proposta, e eles são um grupinho complicado. — Ele se virou de lado na cadeira, curvou-se, inspecionou uma gaveta. Por fim, puxou uma pilha fina de papéis. — Aqui está, preencha isto. E me traga uma proposta até o final da semana. Vamos conferi-la juntos.

Antes de me entregar os papéis, ele lançou um olhar cuidadoso para a porta, então se voltou para mim. Em voz baixa, falou em um tipo de sussurro calculado:

— Nem preciso lhe dizer quais são as condições. Algo que não seja chocante demais, entende? — O professor fez um gesto ondular com a mão. — Nada controverso. Nada nem remotamente antissocialista, nem com nenhum traço de pró-ocidentalismo, meu caro. Nos últimos tempos, eles estão cada vez mais nervosos com esse tipo de coisa.

— Compreendo — falei, pegando os papéis.

Nós apertamos as mãos e eu me virei para ir embora.

— Ah, Ludwik?

Virei-me mais uma vez. Ele me olhava com preocupação quase paternal.

— Assegure-se de que seja uma boa proposta. Certo? Há outros candidatos. Eu quero que você consiga.

Assenti com a cabeça e saí da sala, fechando a porta às minhas costas com as mãos trêmulas. Parado no corredor vazio, soltei o ar com tudo.

Sem pressa, caminhei de volta para casa. O ar estava sufocante. O céu estava cinza e um vento grudento corria pelas ruas, levantando redemoinhos de poeira. As poucas pessoas ao meu redor pareciam apressadas, mais perdidas nos próprios pensamentos do que de costume, os rostos parecendo máscaras. Senti alívio ao chegar em casa. *Pani* Kolecka não estava lá. Eu me sentei e puxei os papéis que o professor me entregara. Minha cabeça estava vazia, mas comecei mesmo assim, a caneta posicionada no papel. Forcei-me a pensar. Não se tratava de uma vontade sincera, mas eu também não queria deixar a oportunidade escapar. Eu não tinha mais nada, nenhum outro caminho. E havia certo prazer em fazer aquilo que eu não permitira a mim mesmo antes, uma satisfação no proibido, um desafio. Eu sabia sobre o que queria escrever de fato, o livro que havia mexido comigo mais do que qualquer outra coisa, mais do que qualquer outro livro antes. Mas também tinha consciência de que não podia escrever sobre *O quarto de Giovanni*. Ele nunca tinha chegado a ser publicado na Polônia. Eu nem sequer deveria saber de sua existência. Mas tinha lido as outras histórias de Baldwin. Elas abordavam, em especial, a figura do negro na sociedade norte-americana, sua discriminação e rejeição. Eu conseguia enxergar a relevância, conseguia ver como expunha o sistema de dois pesos e duas medidas do Ocidente, como escancarava o racismo e a supremacia branca por trás do liberalismo e da democracia, exaltados pelos poderes capitalistas. Ao mesmo tempo, eu também conseguia me identificar. Afinal, carregava a minha própria diferença, a minha vergonha, dentro de mim. Não era algo visível — pelo menos, não para qualquer um e à primeira vista —, mas estava lá, e era um perigo. Foi sobre isso que comecei a escrever.

Lembrei-me do que tinha lido a respeito de Malcolm X, de sua amizade com Baldwin e de sua batalha, de seus pontos de vista radicais acerca da opressão e da autodefesa. Escrevi com fúria, meu corpo se dissolvendo, minha cabeça girando, perdendo qualquer noção do tempo.

As chaves giraram na fechadura e *pani* Kolecka estava parada à porta. Chocou-me como ela era pequena, como parecia uma miniatura em relação ao tamanho da sacola de compras que carregava, que eu tomei em meus braços e coloquei no balcão da cozinha.

— Obrigada, querido — disse ela, retirando a boina. — As filas estão ficando mais longas. Ou então são minhas pernas que estão ficando mais fracas. Mas consegui pegar carne. — Ela abriu o sorriso miúdo que transparecia em seus olhos. — É um milagre.

Um instante depois, as batatas estavam borbulhando e eu me sentava à mesa, ralando cenouras.

— Sejamos felizes — disse ela, tirando a carne do papel de embrulho cinza manchado e a colocando no balcão. — Se as coisas continuarem como estão, cada *kotlet* pode ser o último para nós. — Ela começou a bater na peça com uma marreta de ponta, o som dos golpes abafando suas palavras. — Ouviu as notícias? — Ela me entregou um rolo de papel e um prato e começou a quebrar ovos na beirada de uma tigela. Fiz que não com a cabeça.

— Gierek decidiu aumentar o preço da carne.

— O quê? — Olhei para ela, incrédulo.

Ela virou na minha direção, limpando as mãos no avental.

— Os produtos à base de carne vão subir sessenta por cento nos estabelecimentos.

— Eles não podem simplesmente fazer isso — falei, a descrença se misturando à raiva.

Ela voltou a atenção para a carne, golpeando-a mais uma vez com a marreta.

— Foi o que pensamos antes. Mas eles podem e vão.

Mais tarde, comemos em silêncio, saboreando cada garfada, o *kotlet* com seu empanado crocante, as cenouras raladas com creme e as batatas amanteigadas polvilhadas com endro. Em geral, *pani* Kolecka me contava histórias de sua vida e de seu casamento, as viagens que faziam, as vezes que acompanhou o marido em expedições. Mas não naquela noite. Naquela noite, algo pairava sobre nós. Uma por uma, do lado de fora, as luzes da noite se apagaram no *blokowisko*.

*

Sua casa, assim como todas as outras em Praga, era velha e desgastada. Buracos de bala com formato de estrelas cobriam a fachada e varandas enferrujadas davam para a rua, algumas com roupas penduradas para secar. Além do portão de entrada curvo ficava o pátio, onde, cercada por grama alta e gladíolos amarelos, estava uma Virgem Maria. Seu rosto era pálido e ela vestia uma bata azul, as mãos voltadas para o céu, uma auréola de estrelas pintadas em dourado em torno da cabeça delicada.

Naquela época, eu estava mais distanciado do que nunca da igreja, mas havia algo na beleza daquela estátua, em meio à degradação do pátio, que me comovia, que permanecia comigo durante minha subida até seu apartamento. As escadas tinham uma aparência tão velha e frágil que eu não tinha certeza de que suportariam meu peso. Elas cheiravam a umidade e gemiam a cada passo, mas aguentavam. No primeiro andar, uma mulher velha me olhou desconfiada, ignorando meus cumprimentos. No terceiro, um grupo de crianças corria em frente às portas, gritando e xingando feito beberrões. Você morava no quarto e último andar.

— Ludzio — sussurrou você ao abrir a porta, lançando um olhar minucioso ao espaço às minhas costas.

Seu quarto era pequeno, mas você morava sozinho. Isso, por si só, era um luxo. Pisos de madeira velhos, duas janelas com vista para o pátio, uma escrivaninha e, em um canto, uma cama com armação de ferro na qual nos deitamos. Nós nos beijamos por um bom tempo, com força, tentando aplacar uma sede infinita.

Você perguntou se eu estava com fome e puxou um naco de pão de trás das cortinas, as fechando em seguida. Você cortou o pão segurando-o contra o peito, como se fosse um bebê, mexendo a faca de serra em direção ao seu coração. Nós ficamos ali por um tempo, sentados e mastigando as fatias generosas com satisfação, escutando os rangidos da casa e as vozes abafadas dos vizinhos. Contei-lhe que havia levado minha ideia para o professor Mielewicz naquele dia e que ele se mostrara muito empolgado. A proposta estaria pronta para ser enviada na mesma semana.

— Isso é ótimo — disse você, entre mordidas, os olhos brilhando. — Espero que você consiga.

— Eu também — falei. — Se não conseguir... não sei o que vou fazer.

Você se virou para me encarar, pelo jeito cheio de coragem.

— Eu poderia tentar te arranjar um trabalho no meu departamento, depois que me estabelecer por lá.

Eu neguei com a cabeça.

— Não.

Você me observou, como se esperasse uma explicação. Por um instante, nenhum de nós falou.

— Ouviu falar dos preços da comida? — perguntei, por fim.

Você fez que sim e desviou o rosto.

— E...? — questionei. Agora, o silêncio era seu.

— E o quê? — Você deu de ombros. — Se fazem isso, é porque é necessário.

— Você está falando sério? Eles estão fazendo isso porque não sabem como governar o país. Para onde você acha que vai toda a nossa comida, toda a comida que produzimos? Para pagar dívidas. Vai para a Rússia, para o Ocidente. E nada sobra para nós.

Você ficou em silêncio por um momento, o rosto congelado.

— Você precisa tomar cuidado com quem fala dessas coisas. Você sabe disso, Ludzio, não sabe?

Sustentei seu olhar.

— Mas você sabe que é verdade — falei, determinado.

Você se levantou, buscou uma garrafa de Mazowszanka pela metade debaixo de sua escrivaninha e a serviu em um copo.

— Sei. — A palavra foi dita em tom baixo, suas costas voltadas para mim. — Mas não existe vantagem em saber. Nenhuma. — Você voltou para a cama, estendendo a água para mim. — Para o seu próprio bem, não seja tão temperamental. Ou vai se meter em muitos problemas desnecessários.

— Então por que nós não...

— Vamos deixar isso para lá — falou você abruptamente, a frieza súbita em sua voz me pegando de surpresa.

— Nós não tivemos a mesma vida. Não vamos concordar nesse ponto.

Minha cabeça estava zonza; o copo, frio em minha mão. Você nunca tinha falado comigo daquela maneira, com tamanha indiferença. Eu não sabia se queria sair correndo ou me deixar ser apaziguado. De um jeito ou de outro, não estava mais com vontade de conversar. Um novo silêncio tomou conta do quarto e começou a dissipar suas últimas palavras, a esfriar a veemência delas. Você se deitou na cama, encarando o teto, e eu repousei ao seu lado. Então, suas mãos encontraram o caminho até mim, seus olhos consoladores encontrando os meus, um pedido de desculpas em seu piscar. Nossos corpos se aproximaram por instinto. Senti seu peito por baixo da camisa, retracei a curva de sua clavícula, a firmeza de seus ombros. Seu gosto era o mesmo, quente e terroso. Sob a luz fraca, tirei suas roupas. Seu bronzeado ainda estava aparente e, à nossa volta, a casa parecia viva: pés arrastavam-se abaixo, o encanamento gorgolejava, torneiras eram abertas e fechadas, acompanhando nosso embate. Mais tarde, quando a noite já tinha caído e nós dois estávamos exauridos, ficamos deitados nos encarando, a ponta de seu nariz tocando a ponte do meu. Nada mais importava no escuro.

— Vou começar a trabalhar amanhã — disse você, depois de um tempo.

— Posso vir te buscar, se quiser.

Você negou com a cabeça.

— Melhor não. Melhor não dar a ninguém motivos para suspeitar. Eu te encontro na piscina. Na quarta-feira.

Eu não disse nada, deixando que suas palavras ecoassem em minha mente, pesando cada uma delas.

— Então, de repente, viramos um segredo, é?

Você se ergueu nos cotovelos, seus olhos parecendo mais sombrios.

— A gente sempre foi um segredo, Ludwik. É só que, até agora, não havia ninguém de quem nos esconder. — Você sorriu por um instante, talvez por desconforto. — Tem ideia do que fariam se descobrissem? — Suas sobrancelhas se arquearam. — Eles têm listas. Vigiam os outros. E sabem como usar as informações. — Com gentileza, você deslizou o indicador pela minha bochecha. Pareceu uma ameaça. Eu meneei a cabeça; sua mão se afastou.

— Não existe uma lei que proíbe o que estamos fazendo.

— Eu sei disso. — Sua voz se suavizou. — Mas nós precisamos agir como se existisse. Sabe o que fizeram com Foucault?

Eu o encarei, inexpressivo.

— O filósofo? — Você assentiu com a cabeça. — O que ele tem a ver com a gente?

Você se sentou na cama, as costas apoiadas na parede.

— Ele veio para Varsóvia quando era novo para chefiar algum instituto cultural francês, e o Serviço Secreto tinha informações sobre ele. Então eles encontraram um estudante bonitão, o infiltraram no círculo de Foucault e garantiram que o cara o seduzisse. Funcionou. Certo dia, os dois estavam em um quarto no Bristol e, buuum — você estalou os dedos —, entram os agentes, flagrando os dois na cama. Eles acusaram Foucault de envolvimento com prostituição. Uma semana depois, ele tinha pedido demissão e voltado para Paris. — Sua voz parecia quase triunfante, como se impressionado com aquela eficiência. Mas, por um instante, vi uma minúscula ondulação de ansiedade em seu rosto. — Você entende?

Eu não disse nada. Um baque baixo soou pelo encanamento e eu senti um peso se assentar sobre mim.

— E você quer viver assim, Janusz, com medo?

Você riu, sua confiança de volta nos trilhos.

— Não tenho medo. Só precisamos nos manter na linha. Evitar riscos, ser espertos. Contanto que façamos isso, ficaremos bem. Não concorda?

Eu dei de ombros, sentindo-me derrotado.

— Ótimo. — Você pulou da cama, reenergizado. — Vou tomar uma ducha.

Vestindo uma camisa e um short, você desapareceu no corredor.

*

Naquela semana, você começou a trabalhar e eu me concentrei em minha proposta, enviando-a para o conselho depois de alguma ajuda do professor. Depois, tudo o que podia fazer era esperar. Como o apartamento era pequeno e minha energia era nervosa, passei meus dias caminhando pela cidade. Certa manhã, cruzei o Wola, caminhando pelo *blokowisko*, na direção dos cemitérios. O maior de todos era o Powązki. Nele, havia olmos podados e infinitas fileiras de túmulos com cruzes, todos bem preservados, limpos e bem cuidados como esculturas em um museu. Ao lado, ficava o pequeno cemitério muçulmano para os tártaros, lugar que parecia jamais receber visita alguma. Era do tamanho de uma sala de aula, com os túmulos já começando a desaparecer em meio à grama, como um sítio arqueológico em processo. E, então, havia o cemitério judeu. Este era grande e profundo, um retângulo sem extremidades visíveis; ninguém podia entrar lá. Estava abandonado, os portões trancados para sempre. A única coisa que conseguia ver era o exército de álamos gigantes elevando-se por cima do muro que separava (protegia) a cidade desse fragmento da história. Caminhei ao longo daquele muro, os tijolos vermelhos cobertos de videiras, e admirei as árvores robustas que balançavam ao vento. Imaginei a natureza seguindo seu rumo em liberdade do outro lado, a pequena floresta crescendo do coração de túmulos esquecidos. De onde eu estava, elas pareciam as árvores mais lindas da cidade.

Continuei a andar e passei pelas fábricas abandonadas, onde corvos em bando crocitavam com seus bicos calcários em forma de espada, lançando sombras compridas nos lotes empoeirados. Atravessando Wola e indo na direção do centro da cidade, cheguei à praça com o monumento ao Levante do Gueto. Um arrepio correu por meu corpo ao absorver seu tamanho, a dor nos rostos distorcidos esculpidos em sua fachada. Eu acelerei o passo pelas avenidas compridas e amplas. Só era possível atravessar a cada quinhentos metros, o que passava a sensação tanto de exposição quanto de distanciamento. Andei e andei, atravessando a praça de Feliks Dzierżyński, percorrendo todo o caminho até o centro e, então, indo um pouco ao sul, na direção do Palácio da Cultura e seu pináculo gigantesco, que perfurava o céu do fim de verão. Parado abaixo dele — o presente de Stálin para a cidade, o emaranhado de concreto, a maior cicatriz de Varsóvia — ergui os olhos, e minha cabeça começou a girar. Era setembro, ainda fazia calor, mas, de alguma forma, o ar já carregava uma nota de degradação.

Voltei caminhando para casa. Passado o vazio do verão, a cidade havia se enchido mais uma vez. Os estudantes retornavam para mais um período letivo, os trabalhadores voltavam das férias. As filas para as lojas incharam como lábios ensanguentados — os carregamentos de mercadorias haviam se tornado tão escassos que o único jeito de conseguir alguma coisa era esperando. As fileiras começavam a ocupar ruas inteiras. Precisei forçar passagem em frente a uma mercearia, onde mulheres enfileiradas seguravam cestas vazias, tentando enxergar por cima da cabeça daqueles que estavam na frente para verificar o que estava acontecendo. Às vezes, as pessoas conversavam, mas, na maior parte do tempo, mantinham-se reservadas, murmurando queixas, repreendendo os suspeitos de furar a fila.

Pani Kolecka saía todas as manhãs, bem cedo, e entrava nas filas que pareciam mais promissoras, de acordo com um rumor descoberto por algum conhecido. Ela sempre andava pela cidade carregando sacolas de compras em sua bolsa de mão e, toda vez que calhava de passar por uma aglomeração que parecia propícia a render alguma coisa — fosse papel higiênico ou feijão enlatado —, ela se juntava à fila e esperava.

Na maioria das noites, *pani* Kolecka voltava para casa de mãos abanando, cansada. Sentava-se à mesa na sala de estar, as mãos iluminadas por uma lâmpada minúscula, usando sobras de tecido para fazer chapéus, os quais vendia nas filas. Ela sorria para mim quando eu retornava de sua casa, a noite já tendo caído do lado de fora.

— Esperando por coisa nenhuma, nos enfileirando por possibilidades, é o que todos estamos fazendo agora — disse ela, baixinho, certa noite. Seus olhos brilhavam de tristeza e zombaria. — Não há moeda alguma senão o tempo. E o tempo não vale muito.

Estávamos comendo porções menores e menos variadas. Eu costumava fazer refeições na cantina do campus, mas não comia carne. Às vezes, no entanto, dávamos sorte. Às vezes, eu chegava em casa e ela estava de pé na cozinha, o rádio ao lado tocando Chopin, algo de aroma convidativo sendo preparado no fogão, quase sempre com cominho. Ela amava cominho.

— Venha comer, Ludzio — dizia ela, com um sorriso nos olhos miúdos. — Deve estar com fome. Sente-se e me conte sobre seu dia.

*

Certa manhã, enquanto eu ainda estava esperando notícias do professor Mielewicz, encontrei *pani* Kolecka deitada em sua cama na sala de estar, o cobertor repuxado até o queixo.

— É por conta do tempo que passo de pé — explicou ela, tossindo.

A tosse era seca e violenta, como uma queixa. Parecia estranho que um ser pequeno e frágil pudesse emitir um som daqueles. Preparei um chá para ela, dissolvendo nele o mel que ela havia trazido do interior, onde as irmãs moravam. Mas não funcionou. A tosse continuou.

— Sinto muito — disse ela, os olhos vermelhos de exaustão. — Vou precisar de remédios.

Naquela noite, a ventania aumentou, as árvores no pátio se esbarrando umas nas outras, o ar uivando entre seus galhos. Eu acordei e ouvi as tossidas vindo do cômodo ao lado, agudas e descontroladas, como uma ameaça.

Na manhã seguinte, fui até a farmácia para *pani* Kolecka. Não tinham o remédio de que ela precisava.

— É possível que chegue em duas semanas — informou o farmacêutico, nenhum traço de emoção em seu rosto.

Tentei outra farmácia mais distante, e me disseram a mesma coisa. Assim, com raiva se reunindo no fundo do meu estômago, pulsando pelo meu corpo, voltei para o apartamento.

— Não se preocupe — disse *pani* Kolecka. — Vou ficar bem. Só preciso descansar um pouco.

Fiz mais chá para ela e cozinhei legumes. Trouxe comida da cantina, *ruskie pierogi* e repolho em conserva. Mas a tosse continuou. Os estampidos secos agitavam meu sono, acompanhavam minhas noites. Era como se alguma coisa estivesse tentando rasgar o corpo dela de dentro para fora.

*

No decorrer daquelas semanas, você e eu íamos à piscina da universidade de vez em quando. Não ficava longe da Cidade Velha, escondida sob as muralhas dos terrenos da faculdade. Eu me lembro do amplo saguão da recepção, do cheiro forte de cloro — como eu gostava daquele cheiro — e do guarda-volumes onde deixávamos os sapatos em uma sacola de pano de que compartilhávamos. Nos vestiários, nos despíamos em meio aos outros garotos, que estavam se secando, inconscientes da própria nudez, ou acostumados a ela como algo natural — costas, coxas e traseiros fortes, peles lisas e cobertas de gotas, feito folhas da floresta depois da chuva. Mas, por algum motivo, aquilo não me excitava. Quando estávamos nus naquela situação, nos trocando, tomando duchas entre eles, não éramos nós mesmos. Éramos mais leves, livres de consequências. Despíamos nossos papéis junto de nossas roupas, e simplesmente pertencíamos ao mundo anônimo de corpos. Quando nadávamos e eu abria caminho pela água, sentia-me ainda mais leve. Lembrava-me de nosso verão juntos, da facilidade com que havíamos flutuado pelo lago. Ao nadar, eu me dissolvia na água e, das profundezas de minha memória, algo veio até mim.

*

Eu era muito novo; meu pai havia acabado de nos deixar e minha mãe estava tão desesperada que eu temia que morresse de tristeza. Ela ficava no quarto o dia todo. Os lábios pálidos, os olhos vermelhos. Eu tentava animá-la, distraí-la com meus livros ilustrados, os quais levava até a cama dela e lia em voz alta. Então, certo dia, com o rosto pintado, batom nos lábios e os olhos escurecidos de *kajal*, ela saiu do quarto, me levou para fora e me ergueu em sua bicicleta. Nós pedalamos por toda a nossa rua e cruzamos o parque vazio, até a piscina no Salão do Centenário abobadado. Foi lá que ela me ensinou. Foi lá que entramos na água juntos e ela, minha salva-vidas, me segurou enquanto eu remexia pernas e braços, radiante e livre. Com paciência, ela me ensinou a confiar em meu corpo, a me permitir flutuar, a me mexer por conta própria. Juntos, fomos até lá durante anos, mesmo quando eu já não precisava que me segurasse. Queria que me visse, que se orgulhasse de mim. Queria fazer com que nos sentíssemos importantes um para o outro. Então, quando veio o dia, alguns anos depois, quando encontraram algo nos pulmões dela e eu achei o apartamento vazio ao chegar da escola, apenas com a vovó chorando no sofá, nunca me ocorreu voltar para a piscina. Não sem ela. Era como se essa parte de minha vida tivesse morrido junto dela, como se nunca pudesse retornar.

*

Uma noite, depois de uma de nossas visitas à piscina, começava a escurecer do lado de fora. Ao sairmos, os cabelos ainda molhados, conseguíamos ver o Wisła cintilando, as árvores se movendo lentamente ao vento. O ar tinha cheiro de frescor e umidade. O verão ainda resistia, mas já era possível sentir os ventos mais frios se espalhando pelas planícies infinitas, vindos da Sibéria, e anunciando o fim do calor. Aquela noite marcou o início do outono.

Nós perambulamos pelo declive de um pequeno parque, na direção da rua Dobra. Era a primeira vez que eu via você depois que havia começado a trabalhar, e foi quando me contou que seu chefe gostava de você. Que ele já lhe dera textos para ler: livros aguardando permissão para serem publicados. Era sua função examiná-los, encontrar críticas ao Partido ou qualquer tipo de conteúdo impróprio para o público. Você parecia radiante, seus olhos arregalados, as palavras soando como se direcionadas a uma plateia.

Eu o deixei continuar, incerto do que fazer com minha raiva, até que você interrompeu seu discurso e olhou para mim.

— Não tem nada a dizer? — perguntou você, como se estivesse esperando elogios.

Deixei que o silêncio nos envolvesse, desejando que ele enevoasse a realidade daquele momento. Nossos passos ressoavam na rua mal iluminada. Não havia ninguém ali além de nós dois. Eu me agarrei àquela quietude tão longamente quanto ela me permitiu, por tanto tempo quanto pude.

— A essa altura, você já deveria entender que nunca vai me impressionar com seu trabalho — ouvi a mim mesmo dizer. — Que seu cargo nunca vai fazer com que nos aproximemos mais.

Você pareceu estar prestes a dizer alguma coisa.

— Enquanto isso — continuei, incapaz de conter a amargura —, as filas estão ficando infinitas. Cada vez mais há menos para comermos. *Pani* Kolecka está doente. Tossindo feito um cachorro à beira da morte. Eles nem sequer têm remédio para ela.

Seu rosto perdeu a tensão. Foi sua vez de ficar em silêncio.

— Eu sinto muito — disse você, por fim, a voz contida, novamente falando apenas comigo.

— Eu também. Sinto muito por estar vivendo sob esse sistema maldito.

Seu cenho se franziu e você olhou às nossas costas.

— Pare de dizer essas coisas. — Havia uma nota de medo em sua voz.

Aquilo me trouxe uma satisfação estranha.

— O que mais nós podemos fazer? Deixar que eles ajam como bem entendem?

Você parou, olhou para trás mais uma vez e me agarrou pelos ombros.

— Trabalhar. Ficarmos quietos — Você me encarava sem piscar. — Não faça nada idiota.

Eu evitei seu rosto.

— Estou falando sério, Ludzio. — Você me sacudiu, como se tentasse me acordar. — Eu te disse que não podemos correr riscos. Você quer protestar? Para quê? Para acabar na prisão e virar um mártir em vão? — Ergui os olhos e o encarei, consciente, de repente, de nossa posição no meio da rua, de nossos rostos muito próximos. — Existem maneiras de se ter uma boa vida — continuou, como se ouvisse meus pensamentos. — Vou dar um jeito. Você não é capaz de confiar em mim? — Seus olhos imploravam de uma maneira que nunca tinha visto antes. Ouvimos o som de botas contra o asfalto.

— Janusz? — Uma exclamação veio do outro lado da rua. Uma garota estava parada no ponto redondo de luz vindo de um poste. — É você?

Você me soltou.

— Hania! — Seu rosto se iluminou.

Ela atravessou a rua e vocês se jogaram nos braços um do outro. Vi o rosto dela em seu ombro, por um momento sorrindo com os olhos fechados. Minha mente cambaleou. A garota abriu os olhos e me encarou. Era como ver um fantasma: a pele branca, pálida, os olhos escuros e intensos. Eu nunca a tinha visto de perto, mas ainda a reconhecia. Era a pessoa com quem eu via você no acampamento. Ela estava muito bem-vestida, usando um sobretudo e botas de caubói. Mas o mais notável eram os brincos: eram feitos de miçangas e brilhavam em todas as cores do arco-íris, como a cauda de um pássaro exótico, e tão longos que quase tocavam os ombros dela. Eu não conseguia tirar os olhos deles.

— Janusz, não te vejo há séculos — gritou ela e, então, arrumou o cabelo, fazendo os brincos se moverem junto. — Onde esteve todo esse tempo?

Os olhos dela pousaram sobre mim. Houve uma pausa na qual nos encaramos, levemente constrangidos, até que você disse:

— Venha, deixe eu apresentar meu colega de natação. Hania, este é o Ludwik.

Nós apertamos as mãos. A dela era macia e branca, como uma pombinha.

— É um prazer te conhecer — disse a garota, aparentando sinceridade, e olhou em meus olhos por um instante antes de se voltar para você. A mão dela repousou em seu braço.

— Estou indo ver Rafał agora... Ele mora aqui por perto. Quer vir comigo?

Seu olhar correu da garota até mim. Ela estava inteiramente voltada para você.

— Eu gostaria, mas...

— Você está ocupado? — Ela arqueou as sobrancelhas. — Vamos lá, só para beber um pouquinho. Nós temos comentado como sentimos sua falta.

Pude ver seus dedos se apertando em torno da alça da mochila. Em seu rosto, havia uma expressão que me encontrei incapaz de ler.

— Hoje não posso — disse você, por fim. — Sinto muito. Fica para a próxima.

Ela o observou por algum tempo, até que um sorriso ondulou seus lábios.

— Tudo bem. Mas sem desculpas para minha festa de aniversário. No final do mês. Você vem. Certo?

Você assentiu com a cabeça. Ela deu um beijo de despedida em você e foi embora, apressada, as botas batendo no concreto. Nós ficamos parados por um momento, em silêncio, o ar estranhamente carregado. Você parecia desanimado, e até mesmo preocupado.

— Está tudo bem? — perguntei.

Você assentiu, sem olhar para mim.

— Sem problemas. Vamos lá.

— Você acha que ela nos viu?

— Não sei. Acho que não. — Mais uma vez, seu rosto estava insondável.

Nós subimos uma escadaria estreita, ladeada por uma enorme parede de pedra. Atrás dela, ficava o convento das freiras, o mosteiro com pomares e vacas pastando, e blocos residenciais novos se sobressaindo logo acima.

Um grupo de garotos usando calças jeans apertadas veio na nossa direção, descendo pela passagem afunilada. Um deles segurava uma garotinha extremamente arrumada pela cintura, enquanto outro, de rosto bem marcado e cabelo penteado para trás com gel, olhou para você dos pés à cabeça com uma expressão curiosa. Você o notou, e sua expressão pareceu endurecer; seu olhar mudou de rumo. Nós chegamos ao topo da ponte e esperamos o semáforo abrir. À nossa direita, estava a cidade, as luzes de néon dos prédios altos brilhando, promovendo clubes e restaurantes; à nossa esquerda, o Wisła e a costa escura de Praga. Pensei sentir sua inquietude. Você me olhou de soslaio.

— O que foi? — perguntei.

Seus olhos estavam voltados para a frente, para a luz vermelha.

— Acho que seria melhor você não passar a noite comigo hoje. — Você parecia cauteloso, restrito. — Só hoje.

— Por quê?

— Preciso de um tempo sozinho.

Eu o encarei olho no olho, tentando identificar o que aquilo significava. Seu olhar estava firme.

— Só estou cansado — explicou você. — Preciso de um repouso. Certo? Te vejo logo.

— É por causa da Hania?

Você balançou a cabeça em negativa, sem olhar para mim.

— Não fique pensando demais nisso.

A luz ficou verde e um bonde apareceu. Despedimo-nos, as mãos nos bolsos, e, então, você atravessou, sem olhar para trás.

*

Três dias se passaram sem nos falarmos. Em vez de enlouquecer, peguei um bonde barulhento até o outro lado do rio. Você abriu a porta, sem camisa, segurando uma navalha de barbear. Pareceu surpreso em me ver, mas não descontente. Convidou-me para entrar. Uma bacia com água estava sobre a escrivaninha, um pequeno espelho apoiado em uma pilha de livros.

— Estou me arrumando para sair — falou você, sentando-se e correndo a mão pela barba por fazer. — Beber uma. Meu chefe convidou a gente para ir à casa dele. — Você tentava aparentar naturalidade e me lançou um olhar de relance, como se quisesse testar minha reação. Eu estava calmo. Você pegou a navalha e voltou a encarar o próprio reflexo. — Podemos nos ver amanhã? Na piscina?

Assenti, aliviado por obter alguma certeza.

— Tudo bem. Divirta-se. — Consegui dizer isso sem notas de sarcasmo.

Você ficou de pé e me beijou com força na boca, a navalha ainda em mãos.

Fui até um café estudantil próximo ao campus e me preparei para minha entrevista com o conselho, que iria acontecer caso eu fosse aprovado para a etapa seguinte. Havia passado a gostar do meu tema, a análise de Baldwin do racismo na América. O professor Mielewicz também o elogiou, dizendo que eu seria o primeiro no país a analisar o assunto. Aquilo me fez pensar que, no decorrer de minha vida, até aquele momento, tudo o que eu havia feito me parecera ou irrelevante ou substituível. Ali, pela primeira vez, estava algo inteiramente meu, algo que precisava de mim para existir. Eu aguardava novidades do professor a qualquer momento. Tentei manter as esperanças.

Quando o café fechou, juntei meus pertences e me preparei para ir para casa. Fazia uma noite amena, talvez a última do ano, então decidi caminhar, escolhendo o percurso mais longo. Andei na direção da Cidade Velha, onde as luzes já haviam sido apagadas. Casais estavam sentados, trocando beijos, aos pés da Coluna de Sigismundo, ou apoiados nas paredes do castelo reconstruído. Atravessei as ruazinhas estreitas, a catedral, até sair na antiga praça do mercado, que praticamente estava vazia, exceto por alguns turistas fotografando as fachadas barrocas restauradas. O céu era um quadrado, desenhado pelos telhados altos das casas. Então, ouvi o som de um saxofone, fraco mas contínuo, com um baixo o acompanhando. A melodia flutuava pelo ar, pouco mais do que um sussurro de jazz.

Andei na direção do som, do outro lado da praça. A música parecia vir de um prédio escuro, com todas as cortinas fechadas. Uma janela no térreo estava iluminada. Agachei-me e pude ver uma sala subterrânea abobadada, cheia de pessoas agitadas, fumaça deslizando do rosto delas na direção do teto, copos erguidos até os lábios. Uma banda tocava logo abaixo da janela. Reconheci a composição como de Komeda, talvez da trilha sonora de *A faca na água* — tentadora, caótica e, por fim, letárgica. Minha mente escutou a história das notas enquanto meus olhos passeavam pela multidão, até que pousaram sobre você.

Foi como se alguém tivesse desligado a música, como um choque elétrico em minha mente. Você e seu rosto perfeitamente barbeado, virado na direção dela, o lóbulo de uma orelha entre seus dedos. Os brincos compridos dela refletindo a luz em todas as cores do espectro. Um arroubo de adrenalina correu pelo meu estômago, como uma cobra. Vocês se moviam juntos, no ritmo da música, você a segurando e ela fazendo o mesmo com seu corpo. As mãos dela estavam em seus ombros, unhas pintadas brilhando sob a iluminação, a saia longa se movendo com a melodia. Esta é uma imagem que não consigo esquecer: suas mãos em torno da cintura dela, seus dedos afundando no tecido da saia. Eles pareciam bem acomodados ali, e a ternura em seus olhos me chocou. Observei os dois como se fossem um par de estranhos. Tentei dizer que não significava nada, que não era real. E, ainda assim, eu já não conseguia mais olhar para você sem me sentir completamente drenado de quaisquer forças. Desse modo, coloquei-me de pé, sentindo-me atordoado, a visão borrada por um momento. Voltei para casa, meu coração batendo duas vezes a cada passo dado.

* * *

Acho que você nunca soube que eu o vi naquela noite. Você se lembra da música? Lembra-se dos brincos dela? Existem partes que esqueceu, ou partes que eu perdi? Minha memória tem seus limites, é lógico. Ela talvez preencha as lacunas sem admitir, dramatize ou altere o passado. Acho que não há como existir memória fotográfica para emoções. Mas, pelo bem ou pelo mal, essa é a minha verdade agora.

Saí do trabalho mais cedo hoje. O apartamento estava uma bagunça, então dei uma organizada nas coisas. Aqui, começa a fazer frio, mas o clima ainda está ameno, considerando a estação. Nas manhãs, o melhor é usar um casaco, mas o sol do meio-dia é forte e, nas avenidas de Midtown, os empresários despem os paletós na hora do almoço, as camisas brancas cintilando sob a luz do inverno, os traseiros esculpidos por musculação forçando o tecido de suas calças enquanto eles se movem ruas abaixo com propósito. Não é como em casa, onde, a essa altura, todos devem estar enrolados em cachecóis e chapéus. Aposto que o ar já está cortante, fazendo os rostos arderem. Me lembro daquele frio, seco e impiedoso, de Varsóvia em dezembro. E, por um instante, parece que estou lá, em meio ao cheiro de óleo diesel e carvão queimando, as avenidas longas e vastas com o Palácio da Cultura nos espreitando, você ao meu lado. É lógico que ainda os vejo aqui, os polacos, nas ruas de Greenpoint, comprando bolos de sementes de papoula, *pierogi* e queijos *twaróg*. Identifico-os a um quilômetro de distância. É tão fácil. Um reconhece o outro. Mas aqueles que frequentam aqui são diferentes: eles têm esperança nos olhos, exatamente como eu quando cheguei. Eles estão despertos.

Às dez horas, liguei a TV. Um discurso de Reagan, imagens de alguma espaçonave, Muhammad Ali caindo no chão do ringue. Então, a imagem atrás da apresentadora mudou para a de uma bandeira branca e vermelha e meus órgãos internos, de repente, não pesavam nada. "O estado de sítio continua em vigor na Polônia", disse a moça de dentes clareados que vestia um blazer com ombreiras.

"Apesar da expulsão de jornalistas estrangeiros, temos evidências de que, em resposta a uma onda de protestos, o Exército polonês posicionou tanques e milhares de tropas nas cinco maiores cidades do país. Especialistas dizem que essa atitude mostra o desejo do governo de solucionar a crise sem a ajuda do Kremlin, em uma tentativa de evitar a intensificação da violência. Apesar disso, as bases militares dos soviéticos na Polônia permanecem a postos."

Uma fotografia preencheu a tela por um momento, mostrando um tanque parado em uma praça nevada, alguns soldados saindo por sua portinhola. Logo atrás deles, havia um prédio que reconheci com uma pontada de nostalgia — o Moskwa, um cinema em que Karolina e eu íamos às vezes. Mas o mais notável: o pôster que estava pendurado acima do tanque, em tipografia vermelha e sangrenta, de *Apocalypse Now*, o novo filme de Coppola. Por um momento, o absurdo da situação preencheu minha garganta, ameaçando me sufocar. Durante todos esses anos eles nos permitiram assistir a filmes estrangeiros, nos concedendo relances do mundo do outro lado do Muro, de liberdades que não possuíamos. Pensaram mesmo que nós ficaríamos parados para sempre?

Pensei no fotógrafo e em sua coragem, imaginando como a fotografia teria saído do país: um rolo de filme contrabandeado para a Alemanha Ocidental, em um compartimento secreto ou dentro de um tubo vazio de pasta de dente. Figuras anônimas presas do lado errado da história, comprimidas e enroladas dentro do bolso de um estranho. Não importa o que aconteça no mundo, o quanto seja brutal ou distópico, nem tudo está perdido se existem pessoas arriscando a vida para documentar os fatos.

Fagulhas também causam incêndios.

***

Na manhã depois de ter visto você com Hania, acordei como se estivesse de ressaca. Lembrei-me da noite anterior e meu corpo pegou fogo, como um músculo inteiramente dolorido. Fiquei deitado na cama, o céu cinza e tênue além dos telhados dos quarteirões. Meus pensamentos eram como andorinhas, mergulhando, evitando o chão, voando para cima, para longe. Eu não sabia como pará-los.

Eu me levantei para ir ao banheiro, mas encontrei *pani* Kolecka dormindo na sala de estar. Algo chamou minha atenção, algo pequeno e escuro. Aproximei-me sem fazer nenhum ruído. Manchinhas cobriam o edredom branco perto da boca dela. As mesmas manchas presentes em um lenço que ela segurava na mão: escuras e irreversivelmente carmesim. Precisei me conter para não arfar alto. Ela respirava baixinho, o cabelo branco solto, espalhado no travesseiro como uma auréola. Parecia uma criança anciã. Como um sino de igreja, o medo ressoou, vibrou dentro de mim. Calcei os sapatos, vesti o casaco e saí apressado na manhã fria. O consultório médico mais próximo ficava no entroncamento entre a Liberdade e a Lênin. Cheguei até lá, sem fôlego, exatamente quando estava abrindo. Já havia um grupo de pessoas esperando à porta. Uma mulher corpulenta sentava-se à mesa, olhando a agenda através de óculos de lentes grossas, com os quais seus olhos pareciam minúsculos e a quilômetros de distância. Quando enfim chegou minha vez, contei a ela a respeito de *pani* Kolecka, minhas palavras se atropelando, a tosse, o sangue.

— O doutor está ocupado — disse ela, sem erguer os olhos para mim. — O próximo horário livre é na semana que vem.

Eu insisti que era uma emergência. Ela levantou o olhar para mim por um momento, seu rosto fleumático quase solidário.

— Nesse caso, tente o hospital. Mas duvido que consiga passar na frente de pessoas com membros cortados e rosto sangrando. — Ela, então, voltou a se debruçar sobre os papéis.

— Tem que haver alguma outra coisa que você consiga fazer. — Senti o momento escapando por meus dedos. — Por favor, não poderia abrir uma exceção?

Ela ergueu o rosto na minha direção de novo, dessa vez sem nenhum traço de empatia.

— Eu te disse o que fazer. Agora, pare de bloquear a fila de seus camaradas conterrâneos.

Fiquei parado na manhã fria, na enorme avenida Liberdade, o sol distante, não trazendo calor, apenas cegando, lançando sua luz ampla sobre o asfalto, na aglomeração de pessoas apressando-se com o rosto baixo para o trabalho.

Certo dia, não muito tempo depois da partida de Beniek, eu havia voltado da escola e, chegando em casa, encontrei a vovó chorando no sofá. Ela soluçava com tanta força que não conseguia nem sequer me contar o que havia acontecido, até que finalmente se acalmou, dizendo que haviam achado algo nos pulmões de minha mãe.

— Não é sério — dissera ela, as lágrimas começando a secar em suas bochechas. — Os médicos vão dar um jeito.

Fiquei parado na manhã fria e pensei em como nós tínhamos sentado no hospital, esperando que eles liberassem minha mãe. No relógio da sala de espera, que tiquetaqueava sem parar, eu segurava a mão da vovó como se fosse um colete salva-vidas. A fumaça ao nosso redor, vertendo dos cigarros segurados por mãos nervosas, o ar cinza e pesado, impenetrável. E, por fim, o médico, alto e seco, de rosto rígido, dizendo que tinha más notícias.

Eu caminhei até o hospital mais próximo, como a moça havia instruído. Era um bloco anônimo pelo qual tinha passado inúmeras vezes sem nunca o notar. Na entrada, um homem de muletas apenas com uma perna, vestindo um roupão esfarrapado, fumava um cigarro. Do lado de dentro, corredores cinza eram tomados pelo cheiro acre de desinfetante. Retirei uma senha à mesa da recepção e sentei-me em um dos bancos na fila. Grupos de pessoas esperavam em um silêncio miserável, perfurado apenas pelos lamentos de pacientes deitados em camas improvisadas no corredor. O passar do tempo característico de hospitais assumiu o controle, sólido e insensível como uma geleira. Um homem à minha frente estava lendo a *Tribuna do Povo*. Da primeira página, o primeiro-secretário do Partido, Gierek, olhava feio para mim. Ele estava trocando um aperto de mãos com alguém que não aparecia na fotografia, seu rosto comum, de lábios finos, imensamente presunçoso. Dentro do casaco, minhas mãos se fecharam em punhos.

— Número trinta e três!

Era minha vez. Atrás do vidro, em seu pequeno cubículo, a enfermeira mantinha os olhos nos papéis à frente. Novamente expliquei tudo, dessa vez com mais detalhes, tentando passar a impressão de humildade, de que a situação era tão séria quanto me parecia.

— A paciente está aqui? — interrompeu-me ela, erguendo os olhos pela primeira vez.

— Ela está em casa. Eu preciso falar com um médico sobre os sintomas.

A expressão dela era inerte, entediada.

— Isto é um hospital. Volte com a paciente ou leve-a a um consultório médico. Número trinta e quatro! — Os olhos dela me descartaram.

— Por favor, eu já fui a um consultório, eles não têm horários essa semana. Não posso só falar com um médico por um instante?

— Eu não faço as regras aqui. Número trinta e quatro!

Estava prestes a protestar de novo quando alguém me empurrou para longe do balcão. Calor brotou dentro de mim.

— Saia da frente — bufou o homem de meia-idade que estava atrás de mim na fila, cheirando a suor e cebolas. — Você não é o único aqui com problemas.

Eu quis empurrá-lo para o chão, bater os punhos na janela da mulher, gritar com eles com toda a força de meus pulmões. Por um momento, visualizei a mim mesmo fazendo exatamente isso, de modo vívido, como se estivesse acontecendo de verdade, e isso me assustou. Fui embora sem dizer uma palavra, sem voltar a olhar para ela ou para o homem. Cheguei à rua tomado pela raiva, sentindo minhas pernas tensas. Andei como se estivesse em transe, sem perceber aonde ia. Até que senti um toque em meu ombro e vi que estava no Passeio do Novo Mundo, sem saber o motivo. Um estranho, um homem de terno e gravata, estava parado à minha frente. Então, vi que era você. Você, parecendo outra pessoa. O cabelo penteado para o lado, os sapatos de couro brilhando. Eu o odiei pela compaixão que enxerguei em seu rosto.

— O que você está fazendo aqui? O que aconteceu? — perguntou você, nós dois parados no meio da rua.

— *Pani* Kolecka... sangue... nada de médicos. — Senti lágrimas subirem. Lágrimas de raiva, acho. Você colocou a mão em meu ombro, pesada e quente.

— Venha, Ludzio, vamos tomar um café em algum lugar. Estou no horário de almoço. Vamos tentar ajeitar as coisas.

Você desceu a mão até minhas costas, me guiando para segui-lo. Eu resisti à pressão dela.

— Me solte, Janusz — falei, os dentes apertados. — Já estou farto de tentar ajeitar as coisas. Estou farto de conversar.

Você estava resoluto, sua mão não se mexeu.

— Ludzio, você precisa se acalmar. Não vamos fazer escândalo em público. Venha.

Eu afastei sua mão, o peso dela me libertando.

— Volte para o seu escritório — falei, a fúria transbordando de mim. — E para ela, se quiser.

Seu rosto mudou, talvez tenha compreendido. Eu me virei rapidamente e o deixei parado lá, sozinho.

Na primeira cabine telefônica desocupada que encontrei, disquei o único número que sabia de cor. Tocou várias vezes, o bipe lento e melancólico.

— Ludwik, meu bem. — A ternura na voz rouca dela me atingiu até o âmago. Naquela voz também havia solidão, e exaustão, uma voz que já não estava mais acostumada a falar, que já tinha gastado quase todas as palavras. — Está tudo bem, meu amor?

Eu sentia a quietude de nosso antigo apartamento enquanto, à minha volta, amontoados de pessoas passavam, apressados. Assenti com a cabeça contra o gancho.

— Sim, vovó. Estou bem. Só queria ouvir a sua voz. — Inspirei com força. — É tão bom ouvir sua voz. Como você está?

— Estou bem — respondeu ela, com sinceridade. — Não se preocupe comigo. Que Deus te proteja, meu amor. Venha logo para casa, certo?

Uma culpa familiar se agitou dentro de mim, junto de um anseio por aquela parte longínqua de minha infância, quando quase não parecia haver preocupações.

— Sim, vovó, pode deixar.

Desliguei o telefone e continuei a andar, agitado pela minha própria impotência. Caminhei com raiva em meu corpo, sentindo reavivarem-se centelhas da antiga vergonha em meu âmago, pesada, dura e nítida. Segui na direção do apartamento, os olhos fixos na calçada, nas rachaduras do concreto.

Encontrei uma fila enorme em uma mercearia e, sem saber o motivo, estaquei. Uma urgência correu pela rua, uma mudança de energia inegável. Como se um trovão estivesse prestes a ressoar. Todos, incluindo as pessoas enfileiradas, olharam para cima. Uma nuvem estava caindo do céu, branca e brilhante sob a luz do sol, folhas de papel, parecendo asas, leves e bonitas como o tempo, flutuando pelo ar de outubro. Parecia um sonho. Todos ficamos imóveis, mulheres com suas sacolas de compras, casais e crianças, estendendo as mãos, olhando para cima e para os lados, deixando que o papel chovesse sobre eles. Umas das folhas pousou exatamente aos meus pés. Havia uma mão vermelha nela, que aparentava estar pingando sangue e agarrando hastes de trigo. "Nossa terra, nossa comida. FORA soviéticos, que ENTREM os nossos direitos!", dizia em letras pretas. "Irmãos e irmãs, levantem-se nesta noite."

As palavras ressoaram dentro de mim como se uma voz estivesse falando em minha cabeça. O espanto da multidão se tornou apreensão assim que as pessoas leram os escritos. Um garotinho se abaixou para recolher as folhas e a mãe as arrancou das mãos dele, o estapeou e o arrastou para longe. Alguns se apressaram a seguir o exemplo; outros olhavam para as janelas do bloco que se elevava acima de nós. Eu fiquei parado no lugar e observei, meus sentidos em vertigem, meu cérebro peculiarmente calmo. Sirenes policiais já uivavam e a multidão correu na direção dos blocos, a fila se dispersou, pessoas fugindo como raposas culpadas.

Em meio à confusão, eu me agachei e recolhi punhados de panfletos, estufando minha mochila com eles, maços e maços, enquanto escutava minha pulsação martelar em meus ouvidos. Com as sirenes se aproximando, pulei em um bonde que se aproximava, meu coração ameaçando saltar do peito.

Pani Kolecka estava na cozinha quando entrei apressado. Apoiava-se no balcão como uma arvorezinha frágil usando um roupão, em meio a uma crise de tosse. Eu a ajudei a voltar para a cama, deixando-a apoiar todo o peso em mim.

— Como está se sentindo? — perguntei.

Ela voltou os olhos, pequenos e aquosos, para mim.

— Um pouco melhor, talvez, querido.

Eu a ajudei a se deitar. Havia uma grande mancha de água onde o sangue estivera no lençol dela. Fingi não ver.

No meu quarto, peguei o rádio e o liguei. Para encobrir a tosse dela. Para encobrir meus pensamentos. Queria abafar as vozes em minha cabeça que diziam que estar com aqueles folhetos era uma tolice que poderia me levar à prisão. Nem sequer ouvi a música. Sentei-me na beirada da cama, a cabeça nas mãos e os olhos fechados.

Lembrei-me da procissão avançando lentamente contra o vento impiedoso sob um céu da cor do concreto, partindo da igreja, onde a vovó e eu agradecemos a todos que tinham vindo prestar homenagens pela última vez. Rostos consoladores tocando nossas bochechas congeladas. O alívio por meu pai não ter dado as caras. A raiva por meu pai não ter dado as caras. O séquito de pesar e impotência passou pelas ruas de minha infância, pelas calçadas de nossas brincadeiras, pelo nosso apartamento e pelo parque cheio de beberrões. Um caixão carregado até o cemitério, baixado até um buraco. A terra atingindo a madeira. Punhado após punhado, marcando o fim das existências que levamos até ali. Restávamos apenas a vovó e eu, a vida tendo pulado uma geração. O apartamento parecia vazio. Não havia mais noites ao lado do rádio. As notícias já não importavam. Nós não ligávamos para o que acontecia do lado de fora. Voltamo-nos para dentro. Vovó começou a frequentar a igreja todos os dias, acordando às cinco para a primeira missa. Passou a se dedicar completamente a Deus, entregando a si mesma para os céus como uma oferenda prematura. E, quanto a mim, eu fugi para meus livros. O rádio no quarto de minha mãe permaneceu coberto para sempre. Nem mesmo música voltou a sair dele. Não por muitos anos.

Ouvi a tosse de *pani* Kolecka, aguda e espinhosa. Então me aproximei do rádio abaixei o volume e movi o sintonizador até 101.2, a frequência ainda gravada em minha mente depois de todos esses anos. Fiquei deitado na cama, a orelha colada no alto-falante, prendendo a respiração. A princípio, ouvi apenas música, mas já me sentia mais calmo. Senti que aquele som, simplesmente por sua origem, estava me purificando. Então, pouco depois, a voz familiar — profunda, reconfortante e nítida. Várias pessoas na rádio haviam lido as notícias no decorrer dos anos, e aquele locutor era um deles. Ele continuava ali. Saber disso me transportou até a primeira ocasião em que nos sentamos juntos, nós três, ao redor do rádio no quarto de minha mãe. Uma voz a que não se podia sobrepor, que se faria ouvir até o último segundo: "Rádio Free Europe. Notícias às quatro da tarde. Sexta-feira, 10 de outubro de 1980."

Ele falou a respeito das greves que tinham tomado conta da nação, detendo a produção em dezenas de localidades conhecidas, incluindo fábricas, minas e estaleiros. Os trabalhadores haviam largado suas ferramentas, exigindo a revogação do aumento dos preços da carne, bem como melhores condições de trabalho, proteção ao direito de liberdade de expressão e o poder de criar sindicatos independentes. Até o momento não tinha havido embates violentos com as autoridades. As greves ainda não tinham alcançado a capital. Mas informantes infiltrados indicavam que isso aconteceria, muito provavelmente naquela mesma tarde. "Pede-se que os moradores permaneçam dentro de suas casas para o caso de quaisquer embates violentos com as autoridades."

Pensei em minha mãe, em sua vida despropositada, sua passividade. Nos anos que passou ouvindo o rádio, explicando suas verdades para mim, e tudo aquilo para quê? Ela tinha morrido como uma funcionária submissa do Departamento Elétrico e nunca ousara se manifestar ou colocar em prática nenhuma de suas ideias.

— Sua mãe morreu de solidão — repetia vovó, alegando que o motivo era nunca ter se casado de novo depois de meu pai.

Eu, no entanto, acho que foi o desespero o que a matou. Tendo feito apenas coisas nas quais não acreditava, ela devia estar morta por dentro havia anos antes de seu corpo enfim ter desistido também.

Desliguei o rádio e me levantei, peguei minha mochila. Disse a *pani* Kolecka que sairia para caminhar.

Ela assentiu sem força e sussurrou:

— Se cuide.

Do lado de fora, o ar estava repleto de discórdia. O vento sacudia as árvores, folhas secas farfalhavam e caíam. Pensei onde as manifestações poderiam acontecer. Aquelas que envolviam trabalhadores sempre tinham terminado — violentamente ou não — na pequena praça em frente ao quartel-general do Partido, próximo ao Museu Nacional.

Pulei para dentro de um bonde que seguia naquela direção, sentindo meu coração de forma tão clara, tão distinta, que ele bem poderia ter sido o motor que impulsionava o veículo. As pessoas começavam a retornar do trabalho e as ruas estavam abarrotadas. Antes de o bonde chegar ao cruzamento próximo ao museu, ele parou de repente, um tranco súbito e violento. Os passageiros gritaram, tentando manter o equilíbrio. Segurei-me com força para não cair. Uma garotinha e um homem foram atirados ao chão, estatelando-se com os braços estendidos. A bengala do homem deslizou até o fim do vagão. Eu o ajudei a se levantar, sentindo seus ossos através do tweed áspero de seu paletó, seu corpo leve como um esqueleto. Sem fôlego, ele me agradeceu. Quando erguemos os olhos, vimos a cabine vazia e o condutor do lado de fora, falando com um policial. Havia uma barricada no meio da rua, uma cerca de metal sólida bloqueando o caminho.

— Todos, para fora! — gritou o condutor ao retornar. — Aqui é o fim da linha.

Os passageiros trocaram olhares, confusos.

— Mas por quê? — A garotinha que havia caído começou a chorar.

— Não faça tantas perguntas — disse a mãe dela. — Vamos.

Nós descemos. Do outro lado da barreira, a rua estava vazia, um campo de concreto sem nenhum carro, apenas montes de pessoas sendo escoltadas pela polícia sobre o asfalto.

— Continuem andando. Continuem andando! — gritavam. — Rápido! Para casa, todos, agora!

A multidão se movia com lentidão, em obediência silenciosa, apenas sussurros aqui e ali. Vimos o vazio da rua à nossa frente, a praça em frente ao Partido deserta, o prédio em si agigantando-se com ar ameaçador acima de nós.

Senti o fluxo da multidão me carregar para longe daquela cena e soube que precisava encontrar alguma maneira de permanecer onde a ação aconteceria. Foi então que vi uma moça sair de um prédio próximo, deixando a porta ainda entreaberta atrás de si. Eu corri e a segurei a tempo. Então deslizei para dentro e a fechei.

A escadaria estava silenciosa. Portas levavam para fora dela, com pouca sinalização indicando quais escritórios eram. Tomando cuidado e sem pressa, subi os degraus, ciente de cada passo. Do primeiro andar, pude ver a rua e as multidões. Subi mais um pouco. No segundo piso, uma das portas estava semiaberta. Enxerguei o interior de um escritório, duas silhuetas ao lado da janela, olhando para a rua abaixo.

— Não saia agora, *pani* Waleszka — disse um homem, em tom de voz firme mas amigável. — Os manifestantes podem aparecer a qualquer momento. É melhor ficar aqui até que se afastem.

Esgueirei-me por eles rapidamente, subindo até o terceiro e último andar. O silêncio era completo. Vi o bonde abandonado, as multidões no asfalto, os policiais as empurrando em frente como se fossem gado. O restante da rua era um espaço largo e vazio até a entrada do quartel-general. Policiais usando capacetes ladeavam as barreiras. Como uma criança em uma casa de árvore, eu me agachei, as mãos no parapeito gelado da janela, meus dedos pulsando. O sol começava a se pôr.

Então, alguma coisa se aproximou. Um murmúrio podia ser ouvido à distância, como o som de uma colmeia, e uma horda apareceu no horizonte. A princípio, eu não consegui enxergá-los bem, mas, à medida que se aproximavam, pude ver que eram trabalhadores. Usavam botas pesadas e macacões escuros e marchavam com faixas acima da cabeça. Também estavam entoando algo. Assim que apareceram no meio da praça, um ímpeto correu pela rua e tudo mudou, como a chuva caindo depois de horas de nuvens cheias pairando acima. As multidões nas calçadas pareceram parar de se mover, observando os manifestantes, e os policiais gritaram mais alto, dizendo às pessoas que seguissem em frente. Ao mesmo tempo, uma formação de oficiais usando capacetes e máscaras marchava na direção dos grevistas. Um grito correu pelos espectadores — um policial havia atingido alguém com o cassetete. Sem entender o porquê, eu soube que o momento era aquele. Coloquei-me de pé. Meu coração batia acelerado como um motor a vapor. Eu abri minha mochila e a janela, senti o ar frio em meu rosto e, em meus ouvidos, o zunido amplificado vindo da rua. Então, virei a mochila de ponta-cabeça. Os panfletos flutuaram no vento e planaram por todos os lados, como uma revoada dispersa de pombas. Era igual à nuvem que eu havia visto mais cedo, no mesmo dia, a nuvem que dera à luz esta, que, da mesma forma, paralisou o tempo. Vi os rostos na rua voltando-se para cima, homens, mulheres e crianças, policiais também, confusão e espanto estampados neles enquanto os panfletos choviam como confetes gigantes. Pensei ter ouvido batidas à porta da frente, três andares abaixo. Meu coração golpeava meu peito como se fosse um punho. Olhei ao redor. Havia duas portas.

Tentei abri-las. Estavam trancadas. Bati nelas, com urgência. Nada aconteceu. Os golpes na porta da frente tornaram-se reais, ficaram mais fortes e mais altos. Desci um lance de escadas às pressas. Tentei uma das portas, sem sucesso. Um estrondo sacudiu o prédio, o som de madeira se quebrando. Eles haviam entrado. Torrentes de adrenalina me inundavam. Meu corpo não tinha peso. Meus órgãos eram feitos de fogo. Eu chacoalhava as maçanetas, desesperado, devastado.

— Polícia! — gritavam vozes raivosas, vindas de baixo, apesar de eu ainda não estar vendo ninguém.

— Psssst!

Dei meia-volta. Atrás de mim, uma porta havia sido aberta e um homem estava me olhando, concentrado, me avaliando. Então, fez um gesto para que eu entrasse.

Passos pesados soaram na escada.

— Polícia!

Pulei para dentro, na direção do homem, e a porta foi fechada às minhas costas.

Houve um pisotear pesado de botas policiais do outro lado, gritando, correndo até o topo do prédio, batendo em portas no andar de cima. Imaginei que não tinham me visto. O homem que abrira a porta tinha um rosto cansado e inteligente, e cabelo grisalho que o fazia parecer mais velho do que provavelmente era. Nós trocamos olhares rápidos. Também havia uma mulher, mais nova do que ele, não tão longe da minha idade, imaginei, alta e avantajada, com um rosto bondoso. Nós ouvimos os policiais voltando pelas escadas, batendo nas portas daquele andar. Em nossa porta. O homem e a mulher olharam um para o outro e ele acenou na direção de um corredor.

— Rápido, *pani* Waleszka, a cozinha.

A mulher me puxou pelo braço e, apressados, cruzamos o corredor apertado até chegarmos a uma cozinha minúscula, de onde era possível ver a rua. Antes que eu pudesse enxergar o que acontecia do lado de fora, ouvimos mais batidas à porta. Depois, o som dela sendo aberta.

— Cidadão — retumbou uma voz no outro cômodo —, um suspeito está se escondendo neste prédio. Você o viu? Um jovem de cabelo claro e uma mochila marrom?

— Não há ninguém aqui exceto eu e minha secretária — disse o homem, com calma.

— Então você permitirá que vasculhemos o local.

As botas deles cruzaram a soleira.

Na cozinha miúda, a mulher e eu nos encaramos. Logo atrás da porta havia mais uma, extremamente estreita, pintada da mesma cor da parede. *Pani* Waleszka a abriu com rapidez, tirou algumas vassouras que estavam lá e me empurrou para dentro. Meu corpo coube de lado no espaço, e ela me fechou ali. Ouvi-a empurrando as vassouras contra a porta, escutei pessoas correndo em outras partes do escritório e, então, o som dos saltos dela contra o piso de madeira do corredor.

— Tem alguém naquele outro cômodo, cidadã?

— Não, senhor — respondeu ela, sem transparecer tensão alguma na voz.

A porta da cozinha foi escancarada, o que fez com que a de meu esconderijo tremesse. Eu conseguia enxergá-los através de uma fresta, uma minúscula fatia deles. Achei que meu coração fosse explodir. Eram dois. Homens raivosos e de rosto vermelho, uniformizados, a poucos centímetros de mim. Eu jamais veria você de novo. O pânico tomou conta de mim e me puxou para dentro de um abismo. Os policiais se moviam com rapidez, olhando pela cozinha e para a rua do outro lado da janela.

— Merda — sussurrou um deles, batendo o punho no balcão.

— Tudo limpo! — gritou o outro na direção do corredor.

*

Ouvi algo raspando contra a porta.

— Pode sair agora — disse a mulher.

Não sei quanto tempo passei ali dentro, ouvindo o barulho dos policiais retumbando pelo prédio, vasculhando apartamentos e escritórios, e retornando para interrogar o homem e a mulher e registrar os detalhes dos dois. Também ouvi a comoção do lado de fora, os gritos das multidões e, por fim, gradualmente, o enfraquecimento de todos os sons, menos o lamento de sirenes. Por fim, escutei carros buzinando e o barulho dos bondes e, então, aquele som raspante.

A porta de minha cela foi aberta. Os dois estavam ali, uma lâmpada pendendo acima de suas cabeças, a noite à vista na rua atrás deles. Forcei meu corpo para fora do esconderijo, sacudindo a poeira, ciente dos olhares fixos em mim. Eles vestiam casacos e exibiam expressões de exaustão e curiosidade.

— Aquilo foi muito corajoso de sua parte — disse *pani* Waleszka.

— E idiota — acrescentou o homem, o toque de um sorriso nos olhos cinza.

— Eu sei — falei, me sentindo envergonhado. — Obrigado. Vocês me salvaram.

Pani Waleszka encheu um copo d'água e o ofereceu para mim.

— Sim, foi por pouco — disse o homem, me observando. — E também foi um espetáculo interessante, aqueles papéis voando. Que ideia, distribuir propaganda política quando toda a polícia da cidade está mobilizada na rua. Se não fosse por nós, você teria passado a noite na cadeia. — Ele sorriu, estendendo a mão. — Sou Tadeusz Rogalski, advogado — apresentou-se. Sua mão era grande e macia; os dedos, como pequenas alfineteiras.

— Sou Ludwik.

— E esta é *pani* Waleszka, minha secretária.

Nós demos as mãos.

— Pode me chamar de Małgosia — disse ela.

— Então, o que aconteceu? — perguntei.

Eles trocaram olhares.

— Dispersaram os grevistas — contou Małgosia com hesitação, quase relutante. — Algumas pessoas ficaram feridas.

— Alguém morreu?

— Não sabemos — disse o homem, olhando para o chão. — Ambulâncias apareceram e os levaram.

— Acham que é seguro eu sair agora?

— Talvez ainda estejam te procurando — respondeu ele. — Ou não. Mas é melhor não corrermos riscos. Vamos sair pela porta dos fundos. Venha.

Juntos, descemos a escadaria escura em silêncio. Antes de chegarmos ao térreo, pude ouvir o barulho dos carros que passavam — a porta de entrada estava solta das dobradiças, apoiada em uma parede. Nós nos esgueiramos para dentro de um corredor longo e escuro que levava à direção oposta, onde *pan* Tadeusz destrancou uma porta com agilidade. Furtivos, entramos em um pátio sem iluminação. Havia luz em algumas das janelas à nossa frente, as lâmpadas por trás das cortinas fechadas parecendo agourentas, como segredos prestes a serem desvendados. Andamos a passos apressados até um Trabant branco, no qual me fizeram deitar no banco de trás. O advogado deu a partida, o motor vibrou e minha bochecha ficou fria contra o couro. Dirigindo para fora do pátio, seguimos o fluxo para as artérias da cidade, nos inserindo em seu corpo como um vírus oculto. De baixo, observei as casas e monumentos passando com rapidez, ao mesmo tempo familiares e novos por causa da perspectiva. Sirenes da polícia uivavam à distância e, então, o Trabant parou na entrada do *blokowisko*.

— Boa noite, Ludwik — disse o homem, virando o corpo na minha direção. — Cuide-se. E não brinque com sua sorte.

5

HOJE DE MANHÃ, ASSIM COMO FAÇO TODOS OS DIAS, peguei o metrô para Manhattan. Sentei-me à minha mesa e tentei trabalhar, mas minha mente estava em casa. Eu tive um pressentimento ruim. Um tipo de intuição. Assim que o relógio bateu meio-dia, saí do escritório e caminhei por alguns quarteirões até a cabine telefônica na esquina da Third Avenue com a 43rd East. Nunca há ninguém naquele ponto, e hoje não foi diferente. Liguei para Jarek. Ele é um mediador, uma conexão, sabe tudo sobre todos na comunidade. Ele trabalha nos turnos da noite em uma fábrica no Queens, e eu sabia que estaria em casa.

— Ficou sabendo? — perguntou ele com sua voz de fumante, quase no instante após atender o telefone. — O ZOMO matou nove mineradores em Katowice. Estavam protestando contra o estado de sítio. Dá para acreditar? Primeiro, prendem nosso povo em nosso país, então os encarceram, e agora atiram neles no meio da rua. Filhos da puta. Dessa vez, vão eles pagar pelo que fizeram.

Um arrepio correu pela minha espinha e pelos meus lábios.

— Tem certeza?

— Certeza pra caralho. Isso é sério. — Ele cuspiu as palavras como se fossem balas de revólver.

Pensei nos mineradores, e me ocorreu que poderiam ter sido as mesmas pessoas que vi um ano antes, da janela pela qual joguei os panfletos. Ou poderia ter sido eu. Mas, pensando bem, comparado a eles eu havia sido um covarde. Tinha me escondido sob parapeitos, em um armário de cozinha; não estava nas ruas, exigindo meu direito de ser ouvido. Agora, estava a um oceano de distância, vestindo um terno novo. Perguntei-me a respeito de seu papel na situação toda, que tipo de pacto você teria feito consigo mesmo. Porque todos nós fazemos isso, mesmo os melhores de nós. E esses pactos raramente são imaculados. Não importa o quanto tentemos.

— Głowacki? Você ainda está aí? — A voz de Jarek me trouxe de volta. — Está bem? Você tem família em Katowice?

— Não — respondi. — Estou bem. — Eu o agradeci, o que me pareceu macabro, e desliguei.

Então, pela enésima vez naquela semana, disquei o número da vovó.

O bipe do telefone se repetiu sem piedade, como uma repreensão.

Andei de volta para o trabalho, esperei que a tristeza passasse.

***

Na noite depois dos panfletos, dormi feito pedra, sem sonhar, como se estivesse flutuando debaixo d'água. Estava desancorado, um barco que finalmente tinha deixado seu porto, só para ser empurrado pelo vento sem nenhum controle próprio. Quando acordei, mal sabia quem era ou onde estava. Sentia-me como se tivesse retornado de uma longa jornada sob o mar. Estava em minha cama, inteiramente vestido; minha mochila repousava ao meu lado, no chão. Lá fora, o sol estava alto em um céu imaculado.

Ouvi *pani* Kolecka tossir. Levantei-me para verificar como ela estava, os resquícios de sono dispersos pela ansiedade. Não havia sangue nela nem nos lençóis. Fui até a cozinha e preparei chá, perguntando-me o que faria para ela comer, se deveria tentar ir ao consultório médico mais uma vez. Imaginando se seria seguro sair para a rua. Se a polícia não apareceria, de alguma forma, à minha procura, ou se estava sendo paranoico. Então, enquanto servia o chá para *pani* Kolecka, a campainha tocou. Um toque estridente, como um grito.

Ela olhou para mim. Ninguém nunca nos visitava, exceto por uma vizinha que vinha todas as sextas-feiras para tricotar com *pani* Kolecka. Mas não era sexta-feira.

— *Pan* Ludwik, está esperando alguma visita?

Eu sacudi a cabeça em negativa, os ouvidos atentos a qualquer movimentação.

A campainha tocou de novo, dessa vez, com mais urgência.

— Poderia ir ver quem é? — pediu ela.

Com os joelhos fracos, desci o corredor na direção da porta. Fechei os olhos. Meu coração batia com força, me lembrando da fuga por um triz da noite anterior, do armário minúsculo, dos policiais parados a centímetros de mim. Forcei-me a abrir os olhos, me aproximando do olho mágico.

No vidro globular, seu rosto aparecia, grande e redondo como uma lua, seu corpo pequeno logo abaixo, preso a você como o caule de uma flor. Senti o alívio percorrer meu corpo. Abri a porta. Nós olhamos um para o outro por um longo momento, sem dizer nada.

— Trouxe algo para você. — Você indicou a sacola de compras que segurava.

Eu acenei para que entrasse. No corredor, você tirou os sapatos. Dei-me conta de como era estranho ter você ali, como você fazia o lugar parecer pequeno. Apresentei-o a *pani* Kolecka. O rosto dela se iluminou de uma maneira que eu não via havia semanas.

— Então você é o *pan* gentil com quem Ludwik foi viajar no verão?

Você assentiu com a cabeça, o genro perfeito.

— Gostaria de um pouco de chá? — perguntou ela, observando-o com adoração, até que uma crise de tosse tomou o controle.

— Não, obrigado — respondeu você, esperando até que ela tivesse parado. — Não vou incomodar vocês por muito tempo. Ludwik me disse que você não tem andado bem. Eu consegui arranjar uma consulta com um médico. Amanhã, às dez. — Você entregou a ela um cartão.

Ela olhou para o papel, semicerrou os olhos e puxou os óculos.

— Mas, *pan* Janusz, esse é um médico particular — murmurou ela, parecendo preocupada. — Eu não acho que posso...

— Ele não vai aceitar pagamento algum — disse você. — Não se preocupe.

Ela examinou seu rosto por um momento, com muita seriedade.

— *Pan* Janusz, como eu poderia aceitar isso?

— Não é nada. Um favor sendo retribuído, só isso. — Você me olhou de relance por um instante.

O rosto de *pani* Kolecka se abriu em um sorriso involuntário.

— Não sei como te agradecer. Por favor, fique para o almoço.

— Agradeço, mas preciso ir, e você precisa descansar. Em outra ocasião. Quando estiver melhor. — Você se levantou e apertou a mão dela, atravessando o corredor comigo em seguida.

Eu queria agradecer, mas não consegui.

— Estava preocupado com você — disse você. — Você parecia tão aborrecido ontem. Eu te esperei na piscina na noite passada. E com as manifestações aumentando... Ficou sabendo?

— Estou bem — falei, dando conta de manter o rosto impassível, observando o seu relaxar.

Você puxou um pacote da sacola de compras e o estendeu para mim. Era grande e pesado.

— Frango — falou você. — Para fazer canja para ela.

Você se ajoelhou para calçar os sapatos de volta.

— Como conseguiu tudo isso?

Você se endireitou, seu rosto diretamente em frente ao meu.

— Eu te disse, existem meios.

— Como?

— Um contato. Eu explico em breve. Tome conta da *pani* Kolecka. E venha me ver quando puder. — Você me deu um beijo rápido, para não ser visto ou ouvido por ninguém, e escapuliu, seus passos ecoando pela escadaria.

*

Levei *pani* Kolecka ao médico. Tinha enfiado nas profundezas do espaço debaixo da minha cama todas as roupas que havia usado no dia dos panfletos, e, para sair naquele dia, vesti um gorro verde que *pani* Kolecka tricotara. Nós chegamos ao local, um consultório pequeno e silencioso no sul da cidade. *Pani* Kolecka estava muda de espanto quando nos sentamos nos sofás de couro da sala de espera vazia, enquanto eu folheava a edição mais recente da *Tribuna do Povo*, temendo encontrar um retrato falado de mim mesmo ali. Mas nem ao menos havia uma menção às greves. Nada. Como se aquela noite nunca tivesse acontecido.

O médico examinou *pani* Kolecka com uma atenção fora do comum e deu a ela uma dose de antibióticos franceses que tirou de um armário de vidro atrás de sua mesa. No caminho para casa, passamos por uma fileira de policiais. Segurei a respiração, mas eles nem mesmo olharam em minha direção.

Naquela semana, não tirei o pé do apartamento. Havia uma tempestade assolando minha mente e, do lado de fora, as chuvas de outono começavam. Choveu por dias a fio. As gotas rufaram nos telhados e martelaram as ruas. Trovões rugiam como a raiva de nossos antepassados. Parecia que a cidade estava sob ataque, como se ela e suas ruas fossem começar a ceder, se dissolver, a vida que existia nelas sendo carregada para dentro do Wisła e, então, para as profundezas geladas do mar.

Eu me sentava ao lado da janela e observava. Não consegui me convencer a voltar a escutar a estação secreta do rádio. Uma imensa fadiga tomava conta de mim cada vez que pensava nisso e naquela noite, no abismo de medo que se abriu enquanto eu estava dentro do armário. Algo dentro de mim havia sido desligado. O rádio permaneceu em silêncio.

Em vez disso, cuidei de *pani* Kolecka, a acompanhei melhorar, pouco a pouco, com o remédio que o médico tinha receitado. Um peso se ergueu de minha alma. Ela continuava fraca, mas as crises de tosse ficaram mais curtas e leves. Eu fazia chá para ela, me sentava ao seu lado e escutava. Ela me contou das jornadas junto do marido, das viagens a trabalho que fizeram para o exterior, para a Tunísia e à Argélia. Mostrou-me fotos, de paisagens secas e desérticas, com palmeiras, terra marrom-alaranjada e casas quadradas baixas construídas à mão. Lá estava ela, em uma versão mais jovem, usando um vestido florido que descia até os tornozelos e um chapéu de palha, encarando a câmera com orgulho. Ao lado, o marido, alto e troncudo, com o rosto quadrado contente e um grande chapéu branco na cabeça. Tudo era diferente lá, disse ela, sorrindo para si mesma. Também contou que usavam a mão direita para comer e a esquerda para se limpar.

— Aqueles árabes são muito diferentes de nós. Mas são muito bondosos.

Havia fotos deles, homens altos e escuros de togas brancas, sandálias e belas barbas. Ela me mostrou as pedras que haviam trazido, o basalto e os cristais, o granito e os minerais brilhantes. Segurava-as diante de meus olhos como se fossem os maiores tesouros do mundo. E, ao falar de seu falecido marido, de como sentia falta dele, seus olhos miúdos brilhavam como as pedras preciosas.

— Precisamos nos agarrar àquilo que temos — murmurou, mais para si mesma do que para mim, suas mãos de veias aparentes apertadas em torno de uma xícara de chá. — Nunca se sabe quando vamos perder o que temos de mais importante.

Eu assenti, puxando-a para um abraço. Ela tinha cheiro de casa, de naftalina e de conforto. Pensei em você.

Enfim as chuvas pararam. O mundo tinha sido lavado e a cidade continuava de pé. Pouco tempo depois, recebi um bilhete do professor Mielewicz, me pedindo para ir até seu escritório na semana seguinte. Fui ao banheiro com as enormes tesouras de cozinha e comecei a cortar o cabelo. Fios flutuaram para dentro da pia e para o chão, tênues feito penas, como os panfletos que eu tinha feito chover. Minha cabeça parecia mais leve. Olhei para meu rosto, sorri para mim mesmo, ajeitei o comprimento em todas as áreas. Estava bonito, pensei, tosquiado e renovado. Do lado de fora, o ar já tinha um cheiro diferente. Mais fresco, mais penetrante — o verão se fora. O vento de outono acariciava minha cabeça, dando a sensação de que a pele ali era nova. As mulheres passeando com cachorro nos pátios passaram a vestir casaco, o usavam desabotoado e fofocavam entre si, a guia das coleiras amarrada em seus punhos enrugados e macios. Nas ruas, os buracos viraram poças. As flores e frutinhas desapareceram das barracas de mercearias, substituídas por cogumelos.

Embarquei no bonde, chacoalhei junto dele e vi as margens de Praga coloridas em um tumulto de verdes-escuros e vermelhos. Cheguei até sua rua, até sua casa, subi correndo as escadas que davam para sua porta. Você a abriu e nós abraçamos um ao outro, seu rosto em meu pescoço, seu hálito morno em minha orelha como um sussurro gentil. Sua mão afagando meu novo corte de cabelo.

— Ela está melhor? — perguntou você, em voz baixa.

Eu assenti com a cabeça, apertando-o com mais força.

— Obrigado — falei, minha boca tocando seu pescoço.

Pude sentir seu sorriso em minha bochecha. Eu tinha a intenção de perguntar mais uma vez como havia conseguido tudo aquilo, o médico, o frango; tinha planejado as questões antes de vir — a respeito de Hania também, em especial sobre ela. Mas não consegui perguntar nada. Estava feliz demais por ver você, aliviado demais. Exausto demais para me debater. Deixei-me cair na cama. O ar frio causou arrepios ao nos despirmos. Encontramos calor debaixo de seus cobertores. Testamos nossas forças, lutamos com a urgência do desejo, criamos quentura. Nossos corpos eram como sílex. Você tinha a mim e eu tinha você. Mas a sensação não foi a mesma das outras vezes, a das primeiras vezes. Parecia que estávamos acertando as contas, nivelando alguma coisa. Como se precisássemos daquilo, dessa linguagem, desse código, para sabermos onde estávamos e quem éramos. E que nós dois continuávamos segurando firme.

Mais tarde, você se levantou, ligou o rádio e, de cócoras, girou o sintonizador. Suas costas arqueadas e definidas, seu traseiro apoiado nos calcanhares. O bronzeado de sua pele havia desbotado, me dei conta, assim como o meu. Por fim, você encontrou uma estação, um concerto de piano, talvez Mozart. Depois acendeu um cigarro e voltou para a cama, a fumaça flutuando com delicadeza, acariciando o ar. Eu me sentia leve, mais uma vez como um dos panfletos que havia soltado no ar. Fechei os olhos.

— Talvez você tivesse razão — falei, sentindo-o se juntar a mim na cama.

— Sobre o quê? — Você expirou a fumaça, que se misturou ao ar acima de nós.

— Sobre ser preciso manter a calma e encontrar outros caminhos. Eu fui idiota.

Dizer isso me trouxe uma sensação boa, de estar despindo minha consciência como um casaco. Só queria que aquela leveza durasse, como outro trago, outra exalação. O piano tocava, alegre, implacável. Meus olhos continuavam fechados.

— Você estava assustado — ouvi seu sussurro. — Mas, agora, sabe que não há motivo para isso.

Sua boca cobriu a minha. A fumaça fluiu de você para mim, desceu até meus pulmões, me preenchendo e, por um momento, me fazendo sentir como se eu fosse explodir.

*

Naquele sábado, nos encontramos no Parque Łazienki. Era meu parque favorito na cidade e o único lugar que me lembro de ter visitado quando vim a Varsóvia na infância, com minha mãe e a vovó. Havíamos passeado de barco no lago, alimentado os cisnes e os esquilos, e visto as outras famílias, as que eram completas — mães, pais e crianças. Tínhamos visitado o palácio branco na ilha do lago, o mesmo que fora parte dos jardins do rei e, agora, servia como distração para bons trabalhadores e suas famílias. Quando estávamos partindo, subindo uma ladeira suave, vimos um homem empilhando blocos de feno sob um pequeno teto de palha.

— Para quem está fazendo isso? — perguntara minha mãe a ele.

Ela estava muito elegante naquele dia. Lembro-me do chapéu verde-musgo que usava, das luvas combinando.

— Para o cervo — respondera ele, continuando o trabalho.

Aquilo tinha parecido incrível para mim. Que um cervo morasse no parque, escondido dos olhos de todos.

Na noite daquele sábado, quando já estava escuro e os portões dos jardins, fechados, eu o imaginei, o cervo, correndo livre pelos terrenos, atravessando os prados abandonados, subindo e descendo as colinas, passando pelos caminhos ladeados por árvores, seus cascos retinindo nos cascalhos e agitando os cisnes adormecidos. Que liberdade, viver assim, ao mesmo tempo protegido e ilimitado.

Você aguardava por mim sob a luz de um poste. Vestia um paletó cotelê marrom e seu cabelo estava penteado para o lado, como na vez que me parara na rua usando terno, no dia dos panfletos. Bem como acontecera antes, você parecia uma pessoa diferente, e aquilo tanto me assustava quanto me excitava.

— Muito elegante — elogiei, estalando a língua para esconder meu desconforto.

Você sorriu.

— Você também está ótimo.

Eu tinha escolhido meu único paletó, uma camisa branca e meus sapatos de sair.

— Tem certeza de que não é estranho eu ir à festa dela?

Você riu um pouco e apoiou a mão em minha nuca.

— Vai ter muitas pessoas lá. Você vai se encaixar logo de cara.

Nós descemos a avenida ao longo do parque, passando pelos prédios altos do governo, patrulhados por soldados de boinas. Apenas algumas janelas estavam iluminadas; o restante, escuro e latente. Você nos conduziu a uma rua secundária, flanqueada por prédios pré-guerra com varandas espaçosas em cada andar. À nossa frente, uma mulher usando casaco de pele e saltos altos passeava com um cachorro do tipo salsicha, a roupa tão brilhante quanto o bichinho de estimação, um cigarro queimava vagarosamente em seus dedos enluvados. Nós paramos diante de um portão amplo.

Você pressionou um botão no interfone e ouvimos a voz crepitante de um homem vindo do gradeado, perguntando quem era. Você disse seu nome. Houve um zumbido e você abriu o imenso portão, usando a força do corpo todo.

Eu nunca tinha estado em um lugar como aquele. Era um prédio estilo *kamienica* esplêndido, um edifício da época antes da guerra, um dos poucos que sobreviveram. O saguão era alto e abobadado; o teto, coberto de flores de estuque. Um tapete conduzia a outro conjunto de portas, que por sua vez revelava uma escadaria antiga e curva, com corrimões de ferro. Você chamou o elevador. Nós entramos e a caixa pequena e silenciosa nos levou para cima, como se não pesássemos nada. Sob o brilho de uma única lâmpada, conferimos nosso reflexo no espelho. De um jeito estranho, parecíamos sérios e bem-vestidos, mais adultos do que eu nos vira até então. O elevador parou de repente; desembarcamos e você tocou a campainha ao lado de uma imensa porta dupla. Música suave e conversas emanavam do outro lado. Ouvimos passos se aproximarem, a porta foi aberta e uma silhueta massiva surgiu.

— Janusz! — O homem abriu os braços largamente e vocês se abraçaram, trocando beijos nas bochechas.

Demorou um momento para eu perceber que era o amigo com quem eu o via no acampamento, Maksio Karowski. Ele vestia um paletó de veludo e uma camisa de gola larga, exibindo a mesma atitude confiante e indiferente que me havia surpreendido no passado. Nós apertamos as mãos, a dele quase esmagando a minha.

— É um prazer te conhecer — disse ele, a mão forte e calorosa, algo naquela atenção momentânea, por algum motivo, fazendo com que eu me sentisse encantado.

Nós o seguimos por um corredor de painéis de madeira até chegarmos a um cômodo enorme, repleto de fumaça e pessoas. Música ecoava pelo lugar, quente e alta, em um ritmo hipnótico. Casais estavam dançando no meio da sala ou deitados em um tapete felpudo branco. A única fonte de iluminação vinha das luminárias no chão, uma ao lado de uma televisão enorme e a outra atrás de um par de vasos de palmeiras. Maksio nos conduziu até a outra extremidade do cômodo, onde enormes janelas salientes proporcionavam vista para as copas escuras de árvores do parque, que pareciam infinitas.

— Fiquem à vontade — disse ele, indicando uma mesa coberta de garrafas e pratos. — Preciso dar uma olhadinha em alguém. — Ele piscou para nós e desapareceu em meio à multidão.

Havia garrafas de vodca, uísque, gim e vermute, garrafas que eu nunca tinha visto, pratos coloridos de carnes gelatinosas, anéis de abacaxi e cubos de queijo. Eu queria provar de tudo. Comi algumas uvas e bebi um pouco de uísque, sentindo a jornada do líquido pelo meu corpo, bruto, doce e aliviante. Em minha mente, a música e o riso das pessoas se mesclaram, me capturando. Eu não reconhecia ninguém na iluminação baixa do cômodo, cada silhueta parecia tão importante e glamorosa quanto as outras: garotas de vestidos, tamancos e penteados altos; garotos de jeans azuis de cintura alta, camisas justas e paletós.

— Esse lugar é sensacional! — gritei próximo à sua orelha, sobrepondo-me ao som da música, e você concordou com a cabeça, sua boca formando as palavras "eu sei".

Nós bebemos mais um drinque e, justamente quando começávamos a nos movimentar no ritmo da música, um braço envolveu minha cintura por trás, unhas laranjas e pulseiras balançando.

— Quase não te reconheci com esse cabelo, bonitão — disse uma boca ao pé da minha orelha.

Era Karolina. Lábios da cor de romã, cílios compridos, volumosos e pesados de rímel, como pernas de aranha coaguladas.

— O que você faz aqui? — Eu a apertei contra mim, aliviado em ver um rosto conhecido.

— Fui convidada, juro! — gritou ela, tomando meu rosto nas mãos e me beijando na boca.

Pude sentir o batom dela em mim, o cheiro de gasolina em seu hálito.

Ela riu e ofereceu a mão estendida na sua direção, como uma dama.

— Creio que nunca fomos apresentados de forma adequada.

Obedientemente, você beijou a mão dela, entrando no jogo.

Eu a segurei pela cintura.

— Você está bêbada?

— Completamente. Seria idiotice não estar. — Ela ergueu o copo e cambaleou sobre os saltos.

E, então, a música parou. O disco tinha chegado ao fim; o crepitar baixo dos alto-falantes podia ser ouvido em meio à conversa, subitamente nua, da multidão. Olhamos um para o outro, confusos, na expectativa. Um novo disco foi posicionado no aparelho por um garoto desengonçado de calça boca de sino verde. De imediato, uma série de batidas agitadas e leves preparou a sala, chamou nossa atenção, eufórica, simples e focada. E, antes que nos déssemos conta, a voz de sereia de Blondie havia tomado conta do cômodo, fazendo a adrenalina nos atravessar. Nós não conhecíamos as letras, nem uma palavra sequer, mas entendíamos tudo de "Heart of Glass" — toda sua alegria, sua decadência, o prazer da autoindulgência. Passamos pela multidão até chegarmos ao meio do cômodo, onde nos dissolvemos na voz dela, em seus agudos, na melodia subindo e descendo, no escopo da batida, que estava ali do início ao fim, implorando para ser seguida. Nossa cabeça girava junto do disco. Tornamo-nos instrumentos da canção, extensões dela, e nosso corpo se tornou um, dançando em um triângulo, nos chacoalhando como se algo tivesse nos possuído. Quando a faixa acabou, outra começou logo em seguida, tão boa, cativante e sedutora quanto a anterior, e nós nos entregamos a ela. Eu me sentia como se algo nos tivesse levado até uma plataforma no topo do mundo. Assim, dançamos até que o suor escorresse em nossas costas e testas, até que não conseguíssemos mais recuperar o fôlego.

Um tempo depois, quando demos uma pausa, fomos encher os copos e fumamos ao lado das janelas enormes, observando a extensão preta do parque. O vidro havia se tornado opaco com nosso calor; alguém abriu uma fresta, permitindo que o ar fresco da noite adentrasse. Foi então que eu a vi. Do outro lado da sala, conversando com um garoto loiro que usava óculos de sol escuros. Ela estava com um vestido longo de lantejoulas e o cabelo volumoso e frisado, quase saltando da cabeça. Era como uma aparição. Então, vi os olhos dela pousarem sobre você, e ela atravessou a sala.

— Você veio, que alegria!

Hania atirou os braços ao seu redor, como se o propósito de seu pescoço ali fosse esse, e nós fomos envolvidos pelo perfume floral-especiado. Maquiagem azul e brilhante como a de Ziggy Stardust adornava os olhos dela, que pousaram sobre mim.

— Estava te observando agora há pouco — falou Hania pausadamente, como se anunciasse um veredito. — Que dança maravilhosa. E esse cabelo combina com você. — Ela olhou de relance para Karolina. — Essa é a sua garota?

Karolina gargalhou, a boca escancarada.

— Não, só uma amiga — exclamou Karolina, voltando os olhos para mim e endireitando a expressão. — Só uma amiga.

Hania sorriu com educação, olhando para você e, então, de volta para Karolina.

— Bom, talvez a gente encontre alguém para você... tem bastante rapazes por aqui. Janusz, vamos dançar?

Você concordou com a cabeça e deixou que o braço dela envolvesse o seu.

— Nos vemos depois — murmurou ela, e então vocês dois se afastaram.

Karolina e eu nos servimos de mais bebida, à beira da embriaguez completa a essa altura, e nos jogamos em um sofá grande e macio em um canto, de onde conseguíamos ver a sala toda. O uísque continuava bom e forte; o calor dele viajava do meu estômago direto para a cabeça.

— Fico muito feliz que esteja aqui, garoto — disse Karolina, as pernas jogadas uma sobre a outra, quase deitada no sofá.

— Eu também — balbuciei. — Quem te convidou, afinal?

Ela riu.

— Mais respeito, por favor. Maksio me convidou. — Ela o indicou do outro lado do cômodo, dançando bem próximo de uma garota loira de minissaia. — Aquele canalha.

Analisei Karolina pela lateral, o perfil de seu rosto em evidência frente ao branco do sofá. Ela parecia cansada e, pela primeira vez, me ocorreu que estávamos todos envelhecendo, que não seríamos jovens para sempre.

— Mas como é que você o conhece? — perguntei.

Ela deu de ombros, olhando para o chão.

— É possível que a gente tenha tido um caso — disse ela, em voz baixa, um sorriso culpado.

— Como?

— Ele veio se sentar do meu lado no ônibus, voltando do acampamento. — Ela deu de ombros de novo. — Ele sabe conversar com uma mulher.

— Pensei que ele não fazia seu tipo — falei, chocado.

— E não faz mesmo, mas eu estava carente. De qualquer forma... um brinde a toda essa farra que fizemos à custa dele. — Nós encostamos os copos e bebemos mais um gole profundo e reconfortante.

— Mas eu achei que a festa era da Hania.

— Deus do céu. — Karolina suspirou, revirando os olhos. — Ele não te conta nada? Maksio e Hania são irmãos.

Aquilo me pegou de surpresa, sem que eu soubesse exatamente o porquê.

— Faz sentido, creio eu.

— É, faz mesmo — disse ela, olhando na direção de Maksio, que agora beijava a loira. — O mesmo ar de merecimento. Você viu como ela arrastou Janusz para longe de nós?

Eu dei de ombros, tentando manter a mente sob controle.

— Eles são amigos. Por que não poderiam dançar?

Naquele momento, uma música lenta tocava, uma voz sombria e profunda cantando em inglês, lamentando algo de tempos passados. E os casais dançavam, giravam e balançavam em suas próprias órbitas, seus próprios trajetos planetários. Eu não conseguia enxergar você na pista de dança lotada. Desejei que pudéssemos ser nós dois juntos ali.

— E como você está? — perguntou Karolina, notando que eu o procurava.

Dei de ombros de novo, sentindo minha cabeça girar.

— Bem, acho. Tenho uma reunião com o Mielewicz na semana que vem. Acho que ele leu minha proposta.

— E...?

— Não sei... Ele ainda não disse nada. Mas eu gostei de escrevê-la, mais do que pensei que gostaria. Adoraria fazer o projeto.

— E se não der certo?

Por um momento, ela pareceu apreensiva e eu me indaguei o quanto aquela preocupação era real, e o quanto dela era amargura disfarçada. Amargura pela própria situação que vivia.

— Acho que existe uma chance de funcionar de algum jeito, sabe? — falei.

— Uau, você anda muito otimista ultimamente — respondeu ela, com apenas um traço de ironia.

Os casais que dançavam à nossa frente se moveram e, abrindo-se como cortina, revelaram você. Você e Hania. Entrelaçados na própria constelação secreta. Os olhos dela estavam fechados, a bochecha apoiada em seu ombro, seus dedos envolvendo a cintura cintilante de lantejoulas dela...

Eu não conseguia raciocinar direito — minha mente parecia uma linha errante. Mas meu corpo reagiu por conta própria, fossilizando-se por dentro.

— Parece que eles se dão muito bem — comentou Karolina, observando-o com ar sombrio.

Você e Hania oscilavam no ritmo das ondas da música.

— Não acho que ela faça o tipo dele. — Agarrei-me com força ao balaústre de minhas próprias palavras.

— Ludzio, quando se tem uma casa como esta, você faz o tipo de todo mundo — rebateu Karolina, sem tirar os olhos de vocês dois. Disse isso quase sem prestar atenção.

Então, os outros casais se moveram, seguindo suas rotações, e mais uma vez esconderam vocês de nossa vista. Com isso, eu voltei os olhos para Karolina. As palavras dela permaneciam no ar, pesadas, relutando em ir embora, como uma neblina.

— Isso é exagero — falei. — Desde quando você é tão pragmática, caramba?

Ela riu, como se quisesse me tranquilizar.

— Não sou, Ludzio. Mas todas as outras pessoas são. — Ela traçava a borda do copo com a ponta do dedo. Então, observou cômodo, calmo e misterioso com sua iluminação baixa e suas palmeiras. Os olhos dela brilharam. — Esse lugar é lindo. E não tem fila para o uísque escocês. — Em seguida bateu o copo no meu e tomou mais um longo gole.

— Você está bêbada — falei, sentindo a bebida ficar amarga em minha boca. A música continuou a tocar. Os casais dançavam, despreocupados. — Preciso usar o banheiro — acrescentei, me levantando aos tropeços.

Alguém me indicou uma porta no fim de um corredor comprido e eu me esgueirei até lá. Minha cabeça girava. Fui até a pia e joguei água no rosto. A única luz ali vinha de lâmpadas prateadas organizadas em torno de um espelho grande, como em um camarim de Hollywood. Ele me fazia parecer cansado — de alguma forma mais velho, a mesma impressão que tive com Karolina mais cedo. Meus olhos pousaram em uma máquina grande e quadrada em um canto. Acredito que tenha sido a primeira vez que vi uma máquina de lavar com meus próprios olhos. Ela cintilava sob a luz do cômodo, sólida e reconfortante, a pequena porta redonda parecendo a entrada de uma nave espacial. Pensei na vovó, ajoelhada em frente a uma bacia de metal, derramando a água fervente de um bule e mergulhando cada camisa, cada meia, cada lenço ali, durante a vida inteira, com um bloco de sabão marrom nas mãos machucadas — esfregando, friccionando, os dedos queimando.

Quando voltei para o cômodo da festa, Karolina havia sumido. Sentei-me no sofá ao lado de um casal que se beijava, observei as pessoas na pista de dança e afundei-me cada vez mais em um sentimento de alienação. E, no exato momento em que me perguntava o que estava fazendo ali e tomava a decisão de ir embora, o som foi interrompido no meio de uma música e as luzes foram apagadas. A multidão parou de se mover, perplexa, e, da direção do corredor, um halo de luz surgiu e um conjunto de vozes profundas começou a cantar: "*Sto lat, sto lat...*". Eu me levantei para enxergar. Você e Maksio apareceram à porta, carregando um bolo tão grande que precisava ser erguido pelos dois. Um círculo de velas queimava no centro. Em um instante, a sala inteira havia se juntado ao coro: "*Sto lat, sto lat*", cantavam. "Cem anos, cem anos, que você viva todos eles por nós." Até mesmo eu cantei junto, levado pelo embalo. Devagar, o bolo flutuou pela multidão, indo até Hania, que estava de pé no meio da sala, abrindo um sorriso de deleite. Você e Maksio a alcançaram bem quando a música acabou, uma explosão de vivas e parabéns, garotos assobiando com os dedos na boca. A garota se inclinou sobre o bolo. Na escuridão do cômodo, as velas eram a única fonte de luz, iluminando o rosto dela de baixo para cima. Ela inspirou com força e assoprou as pequenas chamas, os olhos semicerrados, o rosto maquiado contraído de esforço. Falei para mim mesmo que ela parecia uma bruxa, mas eu mesmo mal consegui acreditar naquilo. Não conseguia me convencer a odiá-la. O aplauso foi ensurdecedor. Hania beijou Maksio na bochecha e jogou os braços em torno de seu pescoço. Alguém pediu um brinde e a sala inteira ergueu os copos em resposta. Então as luzes baixas retornaram e a música começou a tocar novamente. Eu me sentei, terminei minha bebida e decidi ir embora. Foi quando eu o vi atravessando a multidão em minha direção, segurando um pedaço de bolo em cada mão. Você sorria para mim, mas eu não consegui retribuir o sorriso. Sentando-se ao meu lado, você me passou uma das fatias.

— Está tudo bem? Você parece meio… alguma coisa.

— Estou bem — menti.

O bolo era uma extravagância de camadas de chocolate e creme, surpreendentemente pesado e úmido. Eu o sentia através do guardanapo, que era frágil feito as páginas de uma Bíblia.

— Coma um pouquinho — disse você, mordendo seu pedaço. — Está gostoso.

— Não estou com vontade.

Você limpou a boca com as costas da mão e me examinou.

— O que foi?

Por um instante, eu não disse nada, determinado a puni-lo com o silêncio. No entanto, a necessidade de me expressar se tornou inevitável e as palavras surgiram em mim, todas de uma vez, subindo e tomando forma como um balão.

— Ela é o seu contato, não é?

Para minha surpresa, seu rosto continuou relaxado, despreocupado.

Você deu mais uma mordida no bolo.

— É esse o seu problema? — perguntou você, a boca cheia. Isso me enojou e eu me dei conta, no mesmo momento, de que o poder que você detinha sobre mim ia inimaginavelmente além do aspecto físico. Você engoliu o bolo e olhou para mim. — Sim, é ela. E daí?

— E daí? — Eu o encarei, me preparei para continuar, tentando não abandonar o caminho de confronto que havia escolhido. — Ela está apaixonada por você, Janusz. Está na cara. E você a está iludindo.

— Pode falar mais baixo? — Havia urgência em seu tom de voz e, com um olhar irritado, você devolveu o pedaço de bolo inacabado ao guardanapo. — Pare de ser tão dramático. Não estamos nos divertindo? Só aproveite. Aproveite, Ludwik.

— Aproveitar? — Eu estava perplexo, confuso, procurando em seu rosto uma explicação que desse algum sentido a tudo aquilo. — Acha que é divertido para mim ficar olhando vocês dois dançando juntos, como namorados?

Você analisou o cômodo com um olhar rápido e inclinou o corpo na minha direção, sua boca próxima à minha orelha.

— Eu te disse que posso cuidar das coisas para nós dois. Você não confia em mim?

Eu me afastei de você, de suas palavras.

— Acha que agindo assim está me fazendo um favor? Eu dispenso esse tipo de ajuda. — Fiz menção de me levantar, mas você me segurou.

— Ah, é? Preferiria deixar que *pani* Kolecka tossisse até morrer? — Você me encarou, o rosto desafiador. — Todos estão iludindo alguém — continuou, semicerrando os olhos. — Não é isso que você diz? Que o país é mal administrado, que tudo é injusto? Então, o que há de errado em tomar uma atitude por contra própria e não se permitir afundar? Hein?

Minha fatia intocada de bolo havia ensopado o guardanapo, repousando grudenta e pesada em minha mão. Eu olhei para você, para seus traços antes familiares, e tive a impressão de que seu rosto havia se transformado diante do meu olhar. Havia uma rigidez ao redor dos seus olhos e boca que eu nunca havia notado. Na pista de dança, Hania balançava com suavidade nos braços do rapaz loiro de óculos de sol. Ela parecia tranquila. O rosto do garoto estava imóvel; apenas a boca se abria para sorrir de tempos em tempos, revelando um conjunto de dentes perfeitos e brancos.

— Devem existir outros jeitos — falei, a voz fraca.

Você parecia cansado.

— Ah, é mesmo? Quais jeitos? Me diga.

— Eu não sei. Sair daqui, por exemplo.

— Quer dizer fugir daqui? — Você me lançou um olhar de súplica. — Confie em mim. Eu não estou prometendo nada a ela. Não estou a machucando.

— Ainda não.

— Eu sou capaz de lidar com isso — insistiu você. — Não há nenhum mal. E é algo que precisa ser feito.

— Por quê? Me diga. Nós não precisamos de mais nada deles. *Pani* Kolecka já recuperou a saúde. Estamos bem agora.

Seu rosto se distorceu e voltou a ficar rígido.

— Você ainda não entendeu, não é? Muito em breve a gente vai precisar de mais alguma coisa. A vida é cheia de momentos assim. E, quando acontecer, o que vamos fazer?

Eu tentei organizar meus pensamentos, tentei resistir. Mas não cheguei a lugar algum.

— É você quem não enxergava um futuro em nosso país — falou você, a voz tranquilizante. — Aqui está esse futuro.

Segui seu olhar, absorvendo aquela sala esplêndida. Entre as pessoas que dançavam, vi Karolina, os braços envoltos em um garoto que eu nunca tinha visto, um cigarro brilhante pendendo dos dedos.

— Você vai conhecê-los — continuou você, encorajado pelo meu silêncio. — Você vai ver. Eu contei a Hania do seu doutorado; acho que ela ficou impressionada. Vamos jantar na quarta-feira à noite no Mozaika. Ela me falou para te convidar.

Mais uma vez, eu não disse nada. A noite já envelhecia e, por trás das janelas imensas do cômodo esplêndido, a escuridão dava lugar a mais outra manhã.

6

NA QUARTA-FEIRA DEPOIS DA FESTA, FUI ENCONTRAR o professor. Eu estava mais nervoso do que esperava, minha mente correndo em círculos hostis à medida que caminhava pelo Passeio do Novo Mundo. O ar parecia rarefeito. Cheguei até a sala, bati à porta. Ouvi um "entre" esmorecido do lado de dentro e fingi um sorriso confiante. O professor me ofereceu um aceno cansado com a cabeça.

— Sente-se, por favor — disse, a voz apática.

Seu rosto parecia mais acinzentado do que poucas semanas antes, como se ele tivesse envelhecido desde a última vez que o vira. O silêncio entre nós era denso e todo o peso dele parecia estar sobre meu peito.

— O conselho gostou de sua proposta, Głowacki — disse o professor, por fim, em um tom estranhamente formal. Eu o encarei, incerto. — Na verdade, gostaram mais do que querem admitir. Você escreve bem, suas ideias merecem ser exploradas. Você sabe disso.

Eu não sabia se era ou não minha vez de falar. Um sorriso dolorido distorcia o rosto dele.

— Mas, como você pode imaginar, também há outras forças em jogo.

Meu estômago se contraiu. Olhei para o professor, tentando ler sua expressão. Sentia-me completamente impotente.

— Há outros candidatos — prosseguiu ele, a voz cansada. — As propostas deles não são tão boas quanto a sua. Mas... — Ele tirou os óculos e esfregou os olhos. — Alguns deles têm contatos.

Mais um momento de silêncio, mais um olhar de relance para mim, como se ele quisesse que eu o libertasse daquela tarefa. Minha mente estava em queda livre.

— A decisão final ainda não foi tomada, mas, se as coisas continuarem como estão, as perspectivas não são boas para o seu lado. Preciso que saiba disso. — Ele deixou escapar um suspiro, olhou para a própria mesa, os papéis, e, então, novamente para mim.

— Então por que me pediu para vir aqui? O que quer que eu faça? — Minha voz saiu contida e raivosa, mais do que eu havia pretendido.

O professor me olhou com suavidade, como se já estivesse esperando pela minha fúria.

— Sei como isso deve ser decepcionante para você.

As palavras me desesperaram ainda mais.

Ele colocou as duas mãos nos papéis à frente de si e se inclinou sobre a mesa na minha direção, até que pude ver os pelos grisalhos de seu bigode e o rosto, redondo e bondoso, mais próximo do que nunca.

— Eu sei que você não está no Partido — disse ele, a voz pouco mais do que um sussurro — e, de qualquer forma, é tarde demais para se filiar agora. Mesmo que quisesse. — Ele baixou os olhos, talvez envergonhado pelo que estava prestes a propor. — Mas talvez você conheça alguém, Ludwik? Alguém que se esqueceu de mencionar, e que poderia ajudar a pender a balança a seu favor?

O olhar que ele direcionava a mim era, de repente, como o seu na noite da festa: esperançoso, esperançoso demais. Fiquei imóvel, barricado pelo silêncio.

Por fim, ele assentiu, o constrangimento palpável.

— Pense a respeito. Talvez alguém lhe venha à mente. Seria uma pena para você perder essa oportunidade.

Quase me parecia que, se eu não reagisse àquele momento, ele não se tornaria realidade. Permaneci calado.

O professor se levantou, ensaiou um sorriso.

— Me dê notícias assim que possível, tudo bem?

Consegui me colocar em pé e assenti com a cabeça para o nada. Nós apertamos as mãos, a minha frouxa, a dele grande demais e, um instante mais tarde, eu estava em pé no corredor, com estranhos indiferentes a mim passando ao meu lado de todas as direções, a passos rápidos. O ano acadêmico havia começado e novos alunos andavam pelos corredores. Novos rostos, tão jovens que eu mal conseguia acreditar que já tinham se formado no colegial. Eles avançavam como se fossem os donos do lugar, como se nenhum outro estudante tivesse estado ali antes deles. Saí do campus, cambaleei pelas ruas, senti o vento mordendo meus dedos e pescoço, corroendo minha cabeça.

Fazia frio aquele dia, talvez o primeiro dia realmente frio da estação, e eu estava despreparado. Não havia vestido cachecol, luvas, nem gorro. Tinha subestimado a temperatura. As árvores estavam perdendo as folhas. Caminhei à deriva pelas ruas, quase inconsciente de quais caminhos estava tomando. Simplesmente andei, coloquei um pé na frente do outro, sentindo a vaga proteção do movimento, o ritmo dele me acalentando. Mas não o suficiente para fazer com que eu me esquecesse de que minha mesada acabaria em questão de semanas. De repente, eu não tinha perspectiva alguma do futuro, apenas um vazio pavoroso. Tinha sido ingênuo, até mesmo tolo. Naquele momento, pude enxergar isso. No entanto, enquanto estivesse andando, eu não precisaria pensar, não precisaria encarar coisa nenhuma por muito tempo.

Quando dei por mim, estava na rua Marszałkowska, e lá estava você, conversando com um cara que usava óculos de sol, aquele com quem Hania tinha dançado na festa. Ele se apresentou como Rafał e me ofereceu a mão, um sorriso torto no rosto. Era desconcertante não conseguir ver os olhos dele. Nós dois trocamos olhares, você e eu, mas não podíamos dizer nada.

O sol já estava fraco e se pondo; a temperatura baixava, mas eu não sentia mais o frio. De onde estávamos, na rua mais reta e longa da cidade, era possível enxergar todo o percurso até a Praça da Constituição, com seus prédios stalinistas gigantescos e entalhes de trabalhadores musculosos, de mães fortes e saudáveis, e até mais longe, além da danificada Igreja do Santíssimo Salvador, na direção da praça diminuta que ficava adiante, onde Hania e Maksio moravam. Eram apenas quatro da tarde, mas a noite já começava a nos envolver. Nós esperamos em pé sob o letreiro de néon do restaurante — um "Mozaika" grande e vermelho em caligrafia cursiva —, como um sinal luminoso indicando algo melhor e mais moderno, que talvez pudesse iluminar nossas vidas. Conversamos com Rafał, mas minha mente estava ausente.

Não me lembro de uma palavra sequer que trocamos. Não me lembro de nada até o momento em que uma Vespa preta parou à nossa frente. Hania vestia uma jaqueta de motoqueiro e botas de cano alto, o cabelo solto, e Maksio usava um suéter grosso cor de creme, em estilo alpinista. Todas as roupas deles pareciam novas e estrangeiras. Eu os encarei com espanto, como se fossem atores de um filme de Fellini. Trocamos beijos na bochecha e apertos de mão. Eles pareciam genuinamente felizes em me ver, e o tilintar caloroso da adulação já começava a aplacar minha ansiedade. Nós entramos no Mozaika, onde a temperatura estava amena e o ar parecia suave. Uma sala de teto baixo, adornada com um carpete vermelho, uma equipe uniformizada em trajes formais e — mais uma vez — aqueles vasos de palmeiras gigantes, cada folha grande o suficiente para envolver um bebê, debruçando-se sobre o cômodo, indolentes e lânguidas, inteiramente cientes do próprio esplendor. As pessoas ali eram do tipo que nunca se via andando pelas ruas e, portanto, seria justificável imaginar que não existiam: mulheres com ondas volumosas nos cabelos, colares pesados e brilhantes e golas de pele de raposa; homens de ternos bem cortados, rostos sérios e asseados, a fumaça que dançava de seus cigarros norte-americanos mais lenta e preciosa do que acontecia no mundo lá fora.

Sentamo-nos a uma mesa ao lado das janelas de vidro fumê, em dois bancos acolchoados de couro, frente a frente, bebendo vodca e fumando até estarmos envoltos em uma neblina suave. A garçonete trouxe arenque com coalhada, borscht ucraniano com bife e, mais tarde, um pargo vermelho enorme para cada um. Eu me sentia uma outra pessoa, em outra cidade, levando uma vida despreocupada e digna. Surpreendeu-me a facilidade com que deixei todo o restante de lado, incluindo a reunião com o professor. A vodca ajudou. A garçonete vinha à mesa sem parar e enchia nossos copos sem ninguém precisar lembrá-la. Você se sentava ao meu lado e Hania, à minha frente, lançava olhares sorridentes para nós. Maksio contava uma história atrás da outra, a maioria a respeito de garotas que tentara seduzir, e você o incentivava, provocando até que o rapaz contasse mais, como se você fosse exatamente como ele. Eu nunca o tinha visto daquela maneira, e fiquei surpreso ao perceber que gostava. De certa maneira, eu disse a mim mesmo, não era você de verdade. Quando via Hania encarando-o, os olhos arregalados, a boca aberta em uma gargalhada, não conseguia sentir ciúme.

— Então você é o motivo para termos passado tantas semanas sem ver nosso Januszek — disse ela a certa altura, dando uma piscadela para mim. — Eu estava começando a ficar preocupada que alguma garota o tivesse roubado de nós, mas, na verdade, ele só estava na sua doce companhia.

Você suspirou.

— Hania, você precisa flertar com todos os meus amigos?

Maksio e Rafał gargalharam. Contra minha vontade, corei. Hania revirou os olhos para você e me olhou com cumplicidade.

— Como é que eu nunca te vi nos campos, na época do acampamento? — perguntei, tentando mudar o clima.

— Uma pergunta excelente! — gritou Maksio. — Minha querida irmã? Por que sua Alteza Real não levantou um dedo, nem uma única beterraba, durante todo o verão?

Foi a vez de Hania corar.

— Parem de caçoar de mim — falou ela, fingindo irritação, entornando o pequeno copo de vodca e o devolvendo à mesa com um baque que atraiu os olhares dos clientes nas mesas vizinhas. — Tenho mãos delicadas — ronronou, o que nos fez rir.

A sobremesa chegou, sorvete com calda de chocolate, uma montanha absurda de chantili como cobertura e servido em um copo alto, que lembrava o cálice de uma flor. Era uma delícia. Eu sentia que voltava a ser criança, dessa vez, uma criança feliz, cujos desejos sempre haviam sido atendidos.

Do outro lado da janela, a noite havia caído e silhuetas sombrias passavam na rua, o rosto baixo, as bolsas vazias e os estômagos também, imaginava eu. Mas nós não os vimos. Era muito melhor do lado de cá do vidro. Muito mais quente, muito mais suave.

Ficamos lá até tarde, até que não restava praticamente nenhum outro cliente. A conta foi entregue em uma pequena travessa de prata e todos fizeram menção de puxar as carteiras — ou fingiram que o fariam, no meu caso —, mas Maksio acenou com a mão, nos dispensando.

— É por nossa conta — disse, balançando a mão e indo até o balcão, onde a garçonete estava em frente a uma parede de álcool estrangeiro. Ela sorriu acanhada enquanto ele assinava a conta e lhe deixava uma gorjeta.

Do lado de fora, no ar frio, ficamos fumando os Marlboros de Maksio, mais suaves do que qualquer outro cigarro que eu já tinha experimentado. Hania correu os olhos por nós, com seu jeito observador felino, e perguntou se gostaríamos de ir à casa de campo deles naquele final de semana.

— Vamos fugir da cidade, fazer uma festinha — disse, os olhos estreitos de satisfação, a boca bem desenhada se curvando em um sorriso.

Todos concordamos, trocamos beijos de despedida e os observamos acelerarem na Vespa, em direção à parte da cidade a que pertenciam. Rafał fez sinal para um táxi e se foi.

Então, éramos apenas eu e você na avenida ampla e vazia. Nós caminhamos para a parte alta da cidade. Procurei pelo seu antigo eu, esperando até que nossas máscaras desaparecessem no frio da noite.

— Estou tão feliz por você ter vindo — disse você, um olhar amoroso e embriagado, quase infantil, no rosto. — Não foi ótimo? Eu não te disse, hein?

Eu concordei com a cabeça.

— Sim, foi ótimo.

Continuamos a andar, as ruas desertas. Estava tarde. Prestei atenção no som de nossos passos. Estavam quase em uníssono, e algo sério, algo importante que eu havia sufocado durante toda a noite, subiu à superfície de minha mente. Contei de minha reunião com o professor, a voz baixa, envergonhado de minha desesperança. Não ousando pedir nada de você, apenas relatando. Você ouviu com atenção.

Estávamos na rua Poznańska, com seus paralelepípedos, kamienicas altas do pré-guerra e fileiras de prostitutas. Jovens e velhas, a maioria com casacos compridos que deixavam à mostra minissaias ou vestidos justos por baixo, o corpo esticando o tecido com violência, ameaçando rasgá-lo. Elas gritaram para a gente enquanto eu falava, os sotaques ásperos e espalhafatosos, e nós continuamos a andar sem erguer os olhos.

— Faço um preço especial para você, querido — exclamou uma delas, um tom fanhoso e entrecortado da Silésia —, por esse seu rosto tão bonito. Traga seu amigo também.

As outras mulheres gargalharam como hienas no escuro. Eu não ousei olhar para você. Não conseguia ver nada engraçado naquele momento. Chegamos ao fim da rua com o Palácio da Cultura impondo-se à nossa frente, enorme, escuro e sinistro, e, ao lado dele, a estação de trens, iluminada, mas aparentemente vazia.

Você parou e me olhou com um sorriso consolador.

— Não se preocupe, essa é fácil. Você pode pedir a Hania nesse fim de semana. Na casa dela.

Um instante de oportunidade me atravessou. Depois daquela noite, do restaurante, qualquer coisa parecia possível.

— Tem certeza?

Você assentiu com a cabeça.

— Ela gosta de você. E tenho certeza de que consegue mexer alguns pauzinhos. Ela e Maksio sempre conseguiam todas as questões das provas com antecedência, sabia? É por isso que eu nunca precisei ir às palestras. E, no acampamento, nenhum deles moveu um dedo sequer.

Eu olhei para meus sapatos, minha mente acelerada.

— E não vai ser esquisito com Hania? Com ela dando em cima de você?

Você sorriu e sacudiu a cabeça de leve, em negativa.

— Você viu o jeito dela hoje? Não está desesperada. Além do mais, ela se apaixona com tanta facilidade... Provavelmente, está a fim de você agora. — Você riu de novo.

— Tudo bem, então — falei, ainda ansioso. — Neste final de semana.

Nós nos abraçamos, nossas bochechas uma contra a outra, eu sentindo sua barba começar a crescer. Sempre amei essa sensação.

— Boa noite — disse você, voltando-se para o outro lado do rio.

— Boa noite, meu bem.

*

Não sei dizer por que não confiei em Karolina. Parte de mim queria, ansiava por alguém com quem eu pudesse me abrir por completo. Acho que eu não estava pronto. Tinha medo de que ela sorrisse e dissesse "é isso aí!", ou que soltasse algum cinismo sobre o sabor sedutor do uísque. Temia que ela me alertasse a respeito de pedir favores que não é possível retribuir. Naquele momento, a última coisa que eu queria era ser alertado. Então, quando liguei para ela naquela semana, de uma cabine telefônica na esquina de casa, e ouvi a pergunta a respeito de como estava, usei a voz mais alegre que consegui e disse que tudo ia bem. Deixei que ela me contasse que estava apaixonada pelo garoto baixinho com quem havia dançado na festa de Hania. O nome dele era Karol. Era um engenheiro. Fiz uma piada sobre o nome deles, Karol e Karolina, falando que sem dúvidas era coisa do destino, e ela riu, como nos velhos tempos. Então, me perguntou sobre o doutorado. Eu disse que ainda não tinha visto o professor, que o encontraria na semana seguinte. Disse que estava confiante de que conseguiria. Ela respondeu que cruzaria os dedos, que ficaria feliz por mim. Ao desligar, sentia mais saudades dela do que antes da ligação.

Voltei para o apartamento para me preparar para o final de semana em que ficaria fora. Arrumei a mala, a desfiz, arrumei tudo de novo. Passei minhas roupas a ferro. Não parecia que eu estava indo viajar a passeio, mas sim partindo em uma missão da qual retornaria mudado. Naquela noite, apenas para tentar tranquilizar a mente, voltei a sair para a rua gelada e caminhei até a cabine telefônica.

— Ludzio, eu sabia que era você. Só você me ligaria tão tarde da noite.

Ela parecia feliz.

— Vovó.

— Como tem passado, querido?

Engoli em seco.

— Muito bem, vovó. Muito bem.

— Tem certeza? Precisa de dinheiro? Você sabe que não tenho quase nada, mas guardo algumas economias. Posso te mandar...

— Não, vovó — falei, sorrindo contra o gancho do telefone. — Não preciso de dinheiro. Parece que vou conseguir fazer um doutorado. Não vou precisar mais da sua ajuda.

— Ah, Ludzio. — A voz dela parecia chorosa.

— Está orgulhosa de mim, vovó?

— É lógico que estou. — Ela fungou. Eu apoiei a testa na estrutura de metal frio do telefone. — E quando vai vir para casa, querido? Sabe, é isso que mais me importa... ver você.

— Em breve — respondi, incerto se seria ou não verdade. — Em breve. Quando confirmarem meu doutorado. Quando eu estiver estabelecido. Prometo.

Então desliguei e fiquei parado na cabine, sob a pequena aura da lâmpada presa ao teto, protegida por uma grade de ferro, enquanto observava a noite do lado de fora. Minha vida era um corredor minúsculo e estreito, sem nenhuma porta de saída, um túnel tão estreito que feria meus cotovelos, com apenas uma direção a seguir. Isso ou nada, disse a mim mesmo. Isso ou ir embora.

*

No dia seguinte, nos encontramos na Praça das Três Cruzes, nos degraus da igreja abobadada que se erguia no meio, como um templo pagão. Era um dia frio, nublado e tingido de um cinza angustiante e esmagador, um daqueles dias particularmente varsovianos que passa a impressão de que o sol deixou de existir, traz o medo de que a mente sufoque sob uma fortaleza impenetrável de nuvens.

Você já estava lá quando cheguei, a mala apoiada aos pés. Trocamos um beijo no rosto. Havia um clima estranho entre nós dois, como se tivéssemos nos tornado cúmplices em um jogo. Seus olhos brilhavam de malícia e divertimento. Perfurando-me com eles, perguntou:

— Preparado?

Eu assenti com a cabeça, sentindo uma onda de náusea, a qual empurrei para longe.

O carro deles chegou à praça. Soube que era deles antes mesmo de estacionarem. Carros estrangeiros eram tão raros que até eu conseguia diferenciá-los dos dois outros tipos que se podia sonhar em ter em nosso país: não era nem um Maluch, a lata de sardinhas que a Fiat produziu para o bloco socialista, nem o Trabant, o modelo maior e mais desengonçado da Alemanha Ocidental. O que estava diante de nós se tratava de algo suave e elegante como uma pantera — uma Mercedes preta.

A máquina freou ao lado dos degraus da igreja. A janela do banco do passageiro foi aberta e Hania, usando um par dourado de óculos de sol, acenou para nós com animação.

— Vamos lá, garotos!

Nós pegamos nossas malas e descemos, apressados. Entramos no carro, subindo no banco traseiro de couro marrom onde a garota loira de Maksio da festa já estava sentada, parecendo uma boneca caríssima. Ela usava uma minissaia curta de couro e uma bandana vermelha atada na cabeça. Hania a apresentou como Agata, e a garota meneou a cabeça lentamente, como se estivesse sedada.

— Oi, pessoal — disse Maksio, virando-se do volante com um sorriso nos olhos. — Vamos lá!

— Alguém mais vai vir? — perguntei.

Hania se voltou para trás, ainda com os óculos espelhados, as lentes refletindo e distorcendo meu rosto, que me pareceu bobo e pálido.

— Só nós — disse ela, sorrindo.

A gente partiu em alta velocidade, tranquila e facilmente pela avenida Ujazdowskie. Passamos pelos palácios dilapidados da aristocracia, havia muito esquecida, pelo Parque Łazienki, com meu cervo escondido, e pelos portões gigantescos e fileiras de soldados que protegiam o castelo que era a embaixada soviética. Depois desse ponto, a cidade tornava-se esparsa. Cruzamos inúmeros trechos de quarteirões idênticos, *blokowisko* depois de *blokowisko* separados por campos lamacentos, nos quais hordas de crianças arruaceiras brincavam. Passamos por fábricas, colossos fumacentos, grandes e solenes como igrejas cheias de fuligem. O rádio estava ligado, tocando algo da Velvet

Underground. Nico cantava uma ladainha em sua voz baixa, sinos soando e uma guitarra oscilante, como uma miragem que tremeluzia.

Amontoados de bétulas brancas surgiam à nossa frente, nus no outono tardio e ainda mais solenes. E campos. Campos marrons encharcados, com mulheres, homens e arados puxados por cavalos. O céu ainda estava fechado, branco-acinzentado como um pudim de arroz, mas, no interior, em meio à natureza, havia beleza naquilo, como o edredom reconfortante em uma cama que serve de refúgio.

Nós conversamos em dados momentos e ficamos em silêncio em outros. Avançávamos mais e mais, canções de rock tocando no rádio, Agata cantarolando junto. A luz começou a ser drenada do céu, a terra passou a ondear. Colinas baixas nos cercavam e, àquela altura, só havia floresta, um mar de pinheiros. Então, em uma estrada de terra não sinalizada, Maksio virou o carro e dirigimos através da floresta densa até alcançarmos um portão. Hania desceu para destrancá-lo, e nós o cruzamos exatamente quando a noite começava a cair, passando por uma alameda com álamos altos e imponentes.

No final da pista, havia uma casa. Era branca e se destacava contra o crepúsculo como um fantasma, com colunas grossas sustentando com orgulho o telhado triangular do alpendre. Folhas e galhinhos foram esmagados sob nossos sapatos ao sairmos do carro. A casa erguia-se majestosa, alheia à nossa presença. Era um *dwór*, uma propriedade do velho mundo; devia estar lá havia séculos e viveria mais tempo do que todos nós, pensei eu, e a admirei por isso, por tudo o que já havia visto e o que ainda veria, coisas das quais nunca saberíamos.

Maksio destrancou a porta da frente, ligou a luz do interior. O aroma de cedro seco invadiu minha mente. Havia fogões antigos de faiança, lareiras e troféus de caçadas, cabeças de javalis e cervos, tapetes orientais cobrindo os pisos. Um local de prazer e paz, indiferente a governos, fiel a fosse lá quem calhasse de estar no poder. Você fez algum comentário indicando como a casa era impressionante e eu me mantive em silêncio, pensando em como vocês todos não mereciam aquele lugar.

Nós seguimos Hania escadaria acima, onde ela nos indicou nosso quarto: você e eu dividiríamos um. Ela ficou com o quarto logo ao lado. Maksio e Agata ficariam com um terceiro, no andar de baixo.

— Meus pais vêm para cá no domingo — informou Hania, apontando uma porta grande no final do corredor. — Aquele é o quarto deles.

— Essa casa não é de outro mundo? — comentou você ao colocarmos as malas no chão para desfazê-las. — É praticamente um castelo.

Eu assenti com a cabeça. Queria ficar sozinho, ter o lugar todo só para mim, conseguir absorver tudo. Havia uma vista do jardim — que era mais um parque, na verdade —, oval e amplo, como vários campos desportivos, fazendo fronteira com a floresta. Eu assisti, imóvel, aos últimos pontinhos de luz se dissolverem acima do jardim, me perdendo neles até que a escuridão do lado de fora estava completa e eu conseguia enxergar meu próprio rosto na janela. Assim, voltei-me para o quarto. Era grande, provavelmente do tamanho do pequeno apartamento de *pani* Kolecka. Havia duas camas de solteiro, pesadas e reluzentes, separadas por uma mesa de cabeceira com um abajur de porcelana. Uma porta levava a um banheiro espaçoso, onde ficava uma banheira. Eu abri a torneira, desfrutando do ronco selvagem da água se acumulando. O vapor subiu. Despi minhas roupas e entrei, deixando a porta aberta para enxergar tanto quanto possível do parque. A água estava quente demais, quase escaldante, mas ela me acolheu. Fiquei deitado ali por um bom tempo, sentindo minha pele formigar de calor, gotículas de suor se formando em minha testa, deixando que minha mente perambulasse. Depois de um tempo, meus olhos se fecharam por conta própria.

Quando acordei, meu corpo estava frio e parecia sufocado pela água. Eu saí da banheira, a cabeça girando de fome, e me sequei com uma toalha tão espessa quanto um *kotlet*. Foi então que notei que você não estava ali. Vesti-me com pressa e desci as escadas, mas não encontrei ninguém. Andei pelo lugar, assimilando tudo — os móveis de madeira nobre, o cheiro de fogos antigos na lareira, o alpendre amplo que levava à escuridão infinita do jardim no lado de fora, a floresta, uma mera silhueta a distância. E, então, escutei vozes, baixas e sussurradas. Não soube dizer a quem pertenciam. Fui até onde imaginei que seria a origem do som e me deparei com você e Hania na cozinha. Vocês estavam próximos um do outro, como se dançassem, pensei, mas com os braços soltos, os rostos concentrados e íntimos. Hania falava com um sorriso no rosto; você franziu a testa e, então, caiu na gargalhada.

— Me diga — ouvi-a dizer, provocante, mas você sustentou seu sorriso de esfinge e deu de ombros.

Assim que me aproximei, vocês voltaram a cabeça para mim em um único movimento. E, com sutileza, você se afastou dela. A expressão da garota passou de afetuosa para casual.

— Aí está você! — exclamou ela. — Com fome, Ludzio?

Olhei para você, esperando uma explicação, mas era como se você estivesse no personagem.

— Morrendo — falei.

*

Naquela noite, depois do jantar — rosbife com purê de beterrabas e maçãs, comida que Hania havia trazido de casa e aquecido no forno —, acendemos a lareira na sala de estar, jogamos cartas e bebemos vinho búlgaro. Mas a cena que eu havia presenciado entre vocês dois tinha perfurado meu papel, tornando-o mais difícil de representar. Eu estava distraído, nervoso. No final da noite, encorajada pelo restante de nós, Agata se levantou e cantou. Com dor genuína, ela entoou uma música de Maryla Rodowicz, aquela canção baixa e triste que fala das antigas feiras, dos brinquedos de lata e dos balões. Todos permanecemos imóveis. A voz dela comandava nossa mente de maneira pesarosa, inesperada.

Pouco depois, Agata e Maksio foram para a cama e, então, sobraram apenas nós três. Dois sofás, um de frente para o outro, com poltronas nas laterais e uma mesa baixa no centro. Você se sentou no sofá do lado oposto dela; eu, em uma das poltronas no meio. Nós conversamos sobre o que faríamos no dia seguinte. Estava com sono, mas não queria deixar vocês dois a sós. Foi quando você anunciou que iria para o quarto e me lançou um olhar significativo, como se dissesse que aquela era minha chance. Eu não me movi. Nós lhe desejamos boa-noite, Hania e eu. Ela sorriu, observou o jardim escuro do lado de fora, ou, talvez, o próprio reflexo no vidro. Então, olhou de relance para mim. Havia tensão ao redor de seus lábios.

— Estou muito feliz por você ter vindo — disse. Parecia nervosa, o que me surpreendeu.

— Obrigado por me convidar — falei. — É um lugar maravilhoso.

— Não precisa agradecer. — Hania acenou com a cabeça e tornou a olhar na direção do jardim, como se estivesse decidindo algo. — Espero não estar sendo indiscreta, mas... — Ela parou, baixou os olhos para o próprio colo e, então, os voltou para mim. — Permita que eu faça uma pergunta pessoal a você.

Não falei nada, tentando combater a vertigem em meu interior.

— Não estou tentando bisbilhotar. — Ela se remexeu, visivelmente desconfortável, até mesmo vulnerável, mas nem de perto tanto quanto eu. — Me diga com honestidade: Janusz tem outra garota?

Parte de mim queria rir alto, com histeria, até que minha garganta, minhas cordas vocais e meus músculos do estômago doessem. A outra parte não queria, estava puramente exausta. Mantive a expressão neutra e, sendo sincero, neguei com a cabeça.

— Não. Você não precisa se preocupar com isso.

— Mesmo? — O rosto dela mudou, aliviado. — É só que... ele fica tão distante, às vezes. E não entendo por que não me corresponde por inteiro. Entende o que quero dizer...? — Seus olhos pediam por alento.

Encarei meus próprios dedos e assenti.

— Ele já falou de mim alguma vez? — questionou ela.

— Sim — respondi, precariamente, desejando poder ajudá-la. — Sim, algumas vezes.

Ela pareceu esperançosa, mas pouco convencida, seus olhos muito abertos revelando a necessidade de saber mais.

— Ele gosta de mim? Já disse algo para você?

Engoli em seco. A vertigem, dessa vez lúcida, tomou conta de mim.

— Eu não sei — falei, ciente de que era a verdade. — Ele não me disse. Você vai precisar perguntar a ele.

*

Na manhã seguinte, acordei com a cabeça doendo, incomodado com a luz do sol que entrava no quarto. Sua cama estava arrumada e você não estava mais lá. Eu tomei uma ducha e desci as escadas, onde encontrei todos sentados a uma mesa comprida na sala de jantar. Tanto Hania como Agata estavam com o cabelo molhado, penteado para trás, e o ar cheirava a café. Você estava comendo um pãozinho com duas fatias de presunto.

— Aí está ele! — exclamou Maksio quando entrei, o que fez todos erguerem os olhos e me cumprimentar, sonolentos. Hania estava sentada ao seu lado.

Depois do café da manhã, fomos caminhar pela floresta. Estava úmido — havia chovido durante a noite — e tudo cheirava a frescor e decomposição. Nós andamos sobre camadas e camadas de folhas caídas e por cima dos últimos cogumelos do outono. Tentei aproveitar a oportunidade para falar com Hania, mas nunca estávamos a sós. E, de certa forma, fiquei feliz por não dar certo. O dia estava claro demais e eu sabia que precisaria de álcool para conseguir.

Naquela tarde, Hania disse que prepararia uma surpresa para nós; depois do almoço, ela e Agata saíram com duas cestas vazias. Nós três ficamos para trás, na casa. Você e Maksio foram jogar bilhar no térreo e eu subi para o quarto. No andar de cima, tudo estava completamente silencioso. Antes que eu chegasse ao cômodo, meus olhos pousaram sobre as portas duplas no final do corredor e uma curiosidade sombria tomou conta de mim. Apurei os ouvidos, procurando por algum som — nada. Segui na direção da porta e testei a maçaneta. Não estava trancada. Com o coração batendo com força, esgueirei-me para dentro. Era um quarto grande, com uma vista fantástica para o parque. Havia uma cama de dossel, arrumada à perfeição, e o ar ao redor dela estranhamente solene e intocável, como a cama de alguém falecido havia pouco tempo. Andei até a janela, assimilando a paisagem da floresta. Bem ao lado dela, havia uma mesa redonda brilhante, coberta de fotos emolduradas: Hania e Maksio quando crianças, gorduchos e pequenos, mas com o mesmo rosto, tomando sorvete; os pais deles — o pai, uma versão mais velha e mais gorda de Maksio, mas com uma boca diferente, quase sem lábios, e a mãe, alta e elegante, com os olhos escuros de Hania. Uma imagem mais recente dos quatro, em pé, sorrindo em frente à Torre Eiffel. Então, meus olhos caíram na fotografia ao lado daquela e, por um momento, enxerguei sem compreender. Minha mente estremeceu. Na foto, o pai deles estava vestindo um uniforme militar, coberto de honrarias e medalhas. Minhas mãos tremiam quando tirei a fotografia da mesa e a observei de perto. Senti-me nauseado, até mesmo sujo. O pai de Hania e Gierek, apertando as mãos, sorrindo um para o outro.

O rosto do primeiro-secretário era amplo, presunçoso, observando o pai de Hania com afeição visível. O mesmo homem que me olhava com desprezo de incontáveis cartazes e pôsteres durante os desfiles, o suposto salvador do país. Aquele que havia determinado o aumento nos preços. Pensei nas lojas vazias por todo o país, em *pani* Kolecka, nas vidas passadas formando filas por pouca coisa ou por nada — e, então, aqueles sorrisos, cheios e autoindulgentes. Eu me sentia embasbacado. Queria jogar a fotografia no chão, pisoteá-la, sentir o vidro e a madeira se despedaçarem sob meus pés. Ouvir o papel se rasgar, ver o sorriso deles destruído. Com imenso esforço, me fiz devolver a moldura ao lugar e voltar para nosso quarto. Lá, deitei-me na cama, os olhos abertos. O plano todo — pedir ajuda à Hania com meu doutorado — parecia agora mais obsceno do que nunca e, ainda assim, eu disse a mim mesmo que precisava executá-lo. *Só dessa vez, peça essa única coisa e, então, nunca mais se meta com eles*. Fechei as pálpebras e o mundo girou ao meu redor, meu peso se deslocando e girando junto dele.

Quando abri os olhos, o quarto estava escuro. Sentia-me agradavelmente entorpecido. A noite havia caído lá fora. Risadas vinham do andar de baixo; ouvi passos no corredor. Você abriu a porta, mal contendo uma expressão de empolgação no rosto.

— Está na hora da janta — falou, olhando para mim. — Você vem?

Eu assenti.

— Desço em um minuto.

Lavei meu rosto e vesti uma camisa branca limpa. Quando cheguei ao andar de baixo, algo já estava em pleno andamento. Um disco tocava e todos estavam na cozinha, taças de vinho no balcão, você conversando com Maksio; Agata e Hania debruçadas sobre uma panela no fogão. Havia um forte cheiro terroso no ar.

— O que temos para o jantar? — perguntei.

Maksio ergueu os olhos e sorriu, malicioso.

— A especialidade de bruxa da Hania — falou. — Não enche muito o estômago, mas você não vai ficar com fome... confie em mim.

Agata deu uma risadinha. Hania lançou a ele um olhar complacente e se voltou para mim segurando uma colher de pau comprida. Ela usava um vestido envelope roxo e um enorme medalhão âmbar pendia de seu pescoço.

— É uma sopa especial que faço de vez em quando — disse, um sorriso brincando nos lábios. — Acho que você vai gostar.

— Seja como for, precisamos aproveitar essa noite ao máximo — falou Maksio, parecendo irritado. — Os inquilinos chegam amanhã.

— Nossos pais chegam amanhã — corrigiu Hania, sem se virar. — Mas só por uma noite. Eles não vão nos incomodar. — Ela pegou uma tigela de porcelana grande e derramou a sopa dentro. — No entanto, não vamos poder fazer isto. Então, vamos comer.

Nós nos sentamos à mesa com a tigela no centro. O aroma terroso flutuou junto do vapor. Todos pareciam ansiosos e empolgados, até mesmo Agata.

— O que é isto? — perguntei.

Hania correu os olhos pelo grupo, todos sorrindo diante da minha indagação.

— *Zupa* — respondeu ela, significativamente. — Sopa de caule de papoula. Vai te fazer ver estrelas.

Os olhos pretos dela brilhavam. Sentado ao lado, você acenou com a cabeça, me encorajando. Hania serviu o primeiro copo e se esticou sobre a mesa para entregá-lo a mim. Todos os olhares estavam fixos em mim. Levei o copo até os lábios e o entornei por inteiro, vertendo-o em meu interior como se fosse um remédio. Queria me dissolver junto do caldo. O gosto era marrom-escuro, amargo e impiedoso. Eles sorriram para mim e seguiram minha deixa, todos bebendo também. Ficamos sentados, nos olhando, Hania afagando minha mão do outro lado da mesa. Você segurava a mão dela e a de Maksio também. Todos pegamos a mão uns dos outros e formamos uma corrente. E, alguns momentos depois — ou mais do que isso —, estávamos todos sentados nos sofás, esparramados, em êxtase. Meu corpo não tinha peso algum. Não havia nada em minha mente, nem um único pensamento; ela estava tão leve que flutuava. Vi você sentado perto de mim e tudo o que senti foi amor. Fechei os olhos e enxerguei campos, flores e o lago, o lago daquele verão, e tudo aquilo estava lá por mim, somente para mim, e eu me amei — por inteiro, cada átomo — como nunca havia amado até então. A música que tocava era o som mais bonito que já tinha ouvido. Eu compreendia cada palavra dela — era Serge Gainsbourg cantando em francês. Trazia mensagens que jamais esperei que estivessem ali. E nós dançamos. Você comigo, Hania com você, eu com ela. Agata com Maksio. Todos nós, juntos.

Eu estava quente, muito quente. A lareira queimava, a temperatura nos envolvia e nós começamos a nos despir, como se sonhássemos, arrebatados. Olhamos uns para os outros, como crianças, sem um pingo de vergonha. Uma por uma, as roupas caíram ao chão — jeans, saias, camisas e blusas, meias e calças. Até estarmos todos nus, o ar em nossos corpos brancos, a noite em nossa pele pálida. Éramos um exército de fantasmas eróticos. E éramos todos belos. Hania e Agata com seus triângulos escuros entre as coxas e os seios como frutas maduras. Agata mais curvilínea e suave do que Hania, cuja pele era translúcida, de um branco ofuscante, uma Vênus e uma ninfa. Maksio, corpulento como Sansão, um colosso, seu pênis enorme como o de um touro, o peitoral peludo, vasto como um tambor. Mas você era o mais belo de todos. Seu corpo feito de mármore e absorvia a luz da lua.

Agata abriu o alpendre e nós corremos para fora, como crianças em uma noite de pleno verão. Não sentimos o frio, apenas o abraço do ar noturno na pele. Era como estar nadando, mergulhando no ar. Nossos braços esticados, tentando alcançar a lua.

— Vamos brincar de esconde-esconde! — exclamou Hania, agarrando um pedaço de pano da mesa do jardim e vendando Maksio.

Nós o giramos, giramos, nossos dedos na cintura e quadris dele, seu pênis balançando junto dos giros, nossas mãos estapeando seu traseiro.

— Conte até trinta!

Então corremos para dentro do jardim, da floresta. As garotas em uma direção, você e eu em outra. Grama e galhos faziam cócegas em nossos pés.

— Pode tirar a venda agora! — gritou a voz de Hania a distância.

Você e eu atrás de uma árvore, em algum ponto na beira da floresta. Nossas mãos no tronco, começando a congelar e, então, encontrando calor, nossos braços um em torno do outro. Nossos corpos formaram um só, nos protegendo do frio, perfeitos na noite. Nós nos beijamos. Você era meu. Naquele momento, percebi que aquilo era a única coisa que importava. Todo o restante jamais existira. Apenas nossos lábios, quadris e suspiros. Caí em outras galáxias através de você, sua boca, uma escotilha que levava a um universo melhor e, então, o estalo de galhos atrás de nós, lá estava Maksio, nu, a alguns metros de distância, nos encarando boquiaberto. Os olhos dele estavam dilatados; o corpo, congelado.

Pude sentir um tremor de medo correr por seu corpo. Você tentou dizer algo, mas Maksio, sem mais nem menos, começou a rir. Gargalhou como um urso enlouquecido. Parecia que seu riso destruiria a floresta, derrubaria todas as agulhas dos pinheiros.

Seu rosto se iluminou de repente, e você também riu.

— Era uma piada! — exclamou você, concentrando-se, olhando para ele. — Ludwik me desafiou. Eu perdi uma aposta.

Maksio parou de rir, os olhos oscilando entre você e eu.

As garotas surgiram de trás das árvores.

— O que houve? — perguntou Agata. — Por que você estava rindo?

Maksio se virou para *ela*s e começou a se afastar.

— Nada — falou. — Uma alucinação. Eu ganhei.

Enquanto voltávamos para o alpendre, eu não conseguia olhar para você, apenas para o chão, incerto do que tinha acabado de acontecer. Fazia calor. Eu estava queimando. Meu corpo todo em chamas. Então seguimos para a rodada seguinte e para minha vez de ser vendado. Mesmo sem querer, ri e ri enquanto me giravam, contei até trinta, sentindo frio e tontura quando abri os olhos e todos vocês tinham desaparecido. Entrando na floresta, encontrei Maksio e Agata, beijando-se em uma clareira. Toquei o ombro deles. Os dois ergueram os olhos, sorriram e continuaram abraçados.

— Vou encontrar os outros dois! — exclamei, embrenhando-me mais fundo na floresta, pulando troncos caídos e vales rasos.

Eu corri até me perder, até ter certeza de que havia perdido você. Tentei encontrar o caminho de volta. A floresta começava a estreitar ao meu redor, passando de encantadora a uma ameaça. Parecia um pesadelo, e eu sabia que minha mente não estava funcionando direito. Parei, tentei me acalmar. Foi quando uma coruja piou em algum ponto atrás de mim e eu me virei. Uma brancura brilhava além de uma árvore, como uma pedra luminescente no mar. Eu andei na direção dela, rápido, meu coração batendo na expectativa do sucesso iminente. Então, vi os tons distintos de branco — branco mais escuro sobre branco mais claro, mármore opaco sobre calcário. Dois corpos no solo da floresta, pernas entrelaçadas. Fiquei parado, assistindo aos pés de vocês se moverem um por cima do outro, as solas pretas de terra e folhas, contorcendo-se, debatendo-se. Havia crueldade naquelas silhuetas curvadas uma sobre a outra — você por cima dela, seu peito sobre o dela, os olhos fechados iluminados pelo luar. Eu dei meia-volta e corri. Corri e comecei a sentir arrepios por todo o corpo, como uma criança que havia atravessado o gelo, caído em um lago e, por pouco, conseguido se arrastar para fora. Corri e corri, tornando-me completamente entorpecido, não sentindo nada. Não sentindo o frio, não sentindo meus pulmões, apenas o terror me impulsionando a seguir em frente. Parecia-me que, se conseguisse correr rápido o suficiente, nada daquilo seria verdade — que, quanto mais longe eu chegasse, mais longe estaria do que tinha visto.

Quando alcancei a casa, Maksio e Agata estavam lá, me olhando como se eu fosse um fantasma, me fazendo perguntas que eu era incapaz de ouvir. Só enxergava a boca deles se movendo. Pensei que ia sufocar, ou desmaiar. Era como se eu não tivesse respirado em momento algum enquanto corria, como se tivesse passado anos sem respirar. Fiquei parado, sentindo minha cabeça murchar, todo o meu eu se esvaindo de ar, e comecei a arquejar feito um cavalo depois de uma corrida. Eu me curvei ao meio, as mãos nos joelhos, tentando não me afogar no vazio, no vácuo de mim mesmo. Mas, sem dúvida alguma, algo lá dentro estava quebrado.

— Você está bem? — perguntou Maksio.

Foi quando vi que eles tinham recolocado as roupas. Nunca em minha vida havia me sentido tão nu, tão inteiramente vulnerável. Neguei com a cabeça. E, então, as luzes se apagaram.

*

Lembro-me de ter vomitado durante a noite, convulsivamente. Era como se eu estivesse libertando alguma coisa, me livrando de um monstro. Não me lembro de mais nada além do sentimento de não ter o controle de meu corpo. Passou-me pela cabeça a ideia de que talvez fosse morrer. Que não possuía força nem sagacidade para fazer algo a respeito disso. Que simplesmente tinha de deixar que aquilo acontecesse — fosse lá o que "aquilo" viesse a ser. E, então, como algo pesado e molhado deslizando para um buraco negro no chão, adormeci mais uma vez.

Quando acordei, eu não sabia quem era. Por um único e belo momento, minha mente era uma folha em branco. Até que a lembrança desabou sobre mim. Eu estava deitado na cama em nosso quarto, no andar de cima, nu sob as cobertas. Minha barriga e cabeça queimavam. As cortinas estavam fechadas. A luz tênue do sol brilhava por baixo delas e pelas laterais. Você estava na outra cama, adormecido. Seus ombros se mexiam quase imperceptivelmente, a respiração inaudível. Eu me coloquei de pé. Meu corpo era pesado e desconhecido; cada movimento me parecia estranho. Vesti qualquer roupa e joguei o restante dos meus pertences na mala. Você não se mexeu quando saí de lá. Atravessei o corredor silencioso, passei pelos tapetes orientais e desci as escadas até a sala com a lareira. Estava frio lá. Garrafas vazias nas mesas, o cheiro tênue de cigarros. E, no meio da sala, como uma oferenda bizarra, um amontoado feito de nossas roupas. Do lado de fora, no alpendre, havia um ponto queimado sobre o qual uma fogueira estivera. Passarinhos — pequenos e roliços, com bicos alaranjados — voavam pelo local com animação, bicando algo na grama orvalhada. Uma calcinha. Branca e de renda, descartada como a fantasia de alguém.

Eu saí pela porta da frente, deixei-a aberta às minhas costas — passei pela pista de cascalho, pelos portões abertos no final do caminho de álamos. As árvores e a estrada de terra já faziam com que eu sentisse que respirava com mais leveza. O sol ainda começava a nascer, emanando luz cor de manteiga pelo parque. E eu me sentia feliz por estar naquele caminho sozinho. Infinitamente feliz. Porém, logo quando estava prestes a alcançar a estrada, uma limusine preta com vidros fumê surgiu em minha direção. Mantive a cabeça baixa, acelerei o passo, esperando que ela não parasse, esperando que os pais de Hania — será que eram eles que estavam lá? — não me interrogassem. O carro passou por mim sem parar ou desacelerar, cascalhos sendo esmagados sob as rodas imensas. Eu cheguei até a estrada principal. Inspirando e expirando, me deleitei com o vazio. Então o sino de uma igreja tocou à distância, e eu decidi encontrá-la. Caminhei pela estrada que ladeava a floresta. Famílias passaram por mim, junto de carroças puxadas por cavalos; o soar do sino se tornou mais distinto. Pouco tempo depois, um vilarejo surgiu, bem como a igreja. Era velha e feita de madeira, seu pináculo quase preto. Pessoas fluíam para dentro, famílias, velhos e crianças em hordas. Segui-os até a escuridão do interior. O órgão tocava e uma nuvem relaxante de incenso intenso pendia no ar.

Fiquei entre os garotos e os jovens de ternos, alguns com cabelo bagunçado, muitos com rostos pesados e largos, queimados e desgastados, olhos azuis, chapéus nas mãos, segurados em frente às virilhas. Sempre que uma mulher entrava, outro garoto se levantava dos bancos, enxotado pela mãe, e vinha ficar de pé com a gente, os homens, deixando que a mulher passasse. Ninguém pareceu me notar. Era invisível na multidão. Usando uma batina branca e roxa e cumprimentando a congregação, o padre subiu até o púlpito. Então, o órgão começou a soar novamente e todos se puseram a cantar. As notas se moviam lentamente pelo espaço e pela multidão; nos elevou, nos unificou, atravessou o corpo coletivo que formávamos, subiu até as janelas turvas e o teto escuro. Lágrimas se juntaram em meus olhos, libertando-se por conta própria. Eu me juntei ao coro.

7

O INVERNO CHEGOU MAIS CEDO NAQUELE ANO. CADA semana nos sugava mais para as profundezas melancólicas da estação, cada dia mais curto do que o anterior, como se o tempo estivesse ficando escasso. O que mais me surpreendeu foi a calma que eu sentia. Talvez fosse o efeito das drogas. Talvez eu ainda estivesse em outra dimensão, impregnada pela substância, sobrenaturalmente sábio. Ou, talvez, estivesse em estado de choque. Ou em negação. Talvez a situação toda fosse apenas vasta demais para ser compreendida. Ou, talvez, ainda não significasse nada. Havia momentos em que eu queria me deitar no chão e sentir o concreto da rua contra minha face. Simplesmente me deitar, ficar imóvel. Queria sentir algo pesado sobre mim, sentir meus ossos estalarem, sentir o sono tomar conta de mim, para sempre. Mas eu afugentei todas essas ideias.

Em meio ao caos de minha mente, eu sabia que não poderia seguir com minha vida como estivera fazendo. Sabia que precisava ir embora. Tentei pensar apenas nisso. E, então, em uma manhã terrivelmente cinza e fria, fui até o departamento de emissão de passaportes. Era um prédio alto e marrom em uma via secundária no centro da cidade, não muito longe do Museu Nacional, onde os protestos haviam acontecido. Fui até lá com as mãos trêmulas, reprimindo a lembrança da noite em que atirei os panfletos, minha história construída em minha mente. Sentei-me no saguão frio, preenchendo os formulários, estranhamente ciente de minha caligrafia e, como sempre acontecia quando precisava fornecer informações oficiais a respeito de minha vida, me senti como se estivesse mentindo. O formulário questionava para onde eu iria, por quanto tempo e por quê, e eu me ative à minha história.

Pelo que me pareceram dias, fiquei sentado nos corredores escuros e monótonos do departamento, em um banco de madeira duro, segurando um pedaço de papel com um número, esperando minha vez.

Sentado ali, tentei não chorar. Eu queria parar de existir. Queria deixar de ser. Sentado ali, tentei não pensar em você e eu. Tentei não pensar em nós, debaixo dos cobertores de sua cama. Tentei não pensar nos seus braços, em suas mãos, em seus olhos. Tentei não pensar em todas as coisas que imaginei que faríamos juntos — voltar ao nosso lago no verão seguinte, dividir uma casa algum dia. Tentei não pensar em Hania e nos seus dedos pousados no vestido de lantejoulas dela. Tentei não pensar em Maksio, nos olhos dele quando nos viu na floresta. Tentei não pensar na vovó ou no professor Mielewicz.

Tentei imaginar minha vida no futuro, em um ano ou um pouco mais que isso. Não conseguia enxergar nada. Não via nada, porque qualquer coisa além daquele momento — não, nem mesmo isso — estava fora de meu alcance. Comecei a balançar minhas pernas e pés, simplesmente para sentir alguma coisa. E, então, o escritório fechou antes de o meu número ser chamado. Fui embora com nada em troca do meu tempo além do pedaço fino de papel, cujo número escrito à mão havia borrado por eu o ter segurado por tanto tempo.

Fui para casa. Eu me acostumaria, *pani* Kolecka havia me dito. Ela fez um jantar escasso para nós, trigo sarraceno com pepinos em conserva e purê de beterrabas, e nós comemos com as janelas abertas, o frio entrando e nos agitando, o barulho dos carros passando às pressas nas ruas.

— Só estamos fazendo filas por uma possibilidade, por alguma coisa, talvez por nada — disse ela, oferecendo seu sorriso triste e amoroso. — Mas isso vai passar, meu querido. Até mesmo a mais longa das filas se desfaz em algum momento.

No dia seguinte, voltei ao departamento. Sentei-me e aguardei, entre fileiras de outros, jovens e velhos e seres atemporais, todos em silêncio, todos torpes, lendo, tricotando ou remexendo nas roupas, com lentidão resignada e artificial, enquanto o enorme relógio tiquetaqueava e os números eram chamados de tempos em tempos por uma voz melancólica. O banco fazia meu corpo doer. Eu estava com fome. Mas, de um jeito bizarro, permaneci calmo. A calma, penso, ainda era uma forma de choque. Se eu tivesse permitido que qualquer coisa saísse, seria soterrado. O medo, o terror de minha vida solitária, sempre esteve lá, um abismo que crescia e me cercava, esperando para me devorar. Ainda consigo sentir hoje os tremores daquele medo, seus ecos ancorados com firmeza sob a ponta dos meus dedos e no pequeno espaço sem peso na parte de baixo da barriga, poucos centímetros acima da beira da virilha.

No fim do dia, meu número foi chamado. Atravessei o corredor, meus passos ecoando no piso de pedra. Bati a uma porta, minha pulsação martelando nas orelhas. Obedeci à voz que disse "entre".

O escritório era estreito, longo e mal iluminado. Precisei dar meia dúzia de passos para alcançar a mesa e forcei os olhos para enxergar o homem sob um minúsculo trecho de luz — careca, com óculos de armação de aro preto.

— Sente-se — disse ele, a voz formal, mas não hostil. — Só estou finalizando um assunto.

Sentei na cadeira de frente para ele. O homem estava debruçado sobre alguns arquivos, absorto em seu conteúdo. Pilhas deles cobriam a mesa, blocos de papel empilhados com zelo. O único som era o de um relógio avançando, devagar, a contragosto.

— Então — disse o homem, erguendo os olhos para mim e parecendo um tanto quanto exausto, com olheiras sob seus óculos.

Ele abriu outro arquivo, que imaginei ser o meu. Seus olhos se moveram pelo papel, ágeis, e, a cada segundo, sua expressão se endurecia mais. Pensei que ele me faria perguntas a respeito da minha viagem. Eu estava com meu relato pronto — iria visitar um tio em Chicago durante o Natal e estaria de volta em janeiro. Esperei que ele me perguntasse por que eu nunca havia visitado minha família antes, como poderia ter dinheiro para a viagem, qual era a garantia de que não planejava fugir. Pensei que ele daria início à palestra padrão a respeito dos perigos do mundo capitalista, que diria que eram inimigos do socialismo, que eu nunca deveria conversar com estrangeiros sobre política, exceto para elogiar os avanços e o sucesso da Polônia socialista. Era isso o que as pessoas diziam que sempre acontecia. Mas nada assim aconteceu. Na realidade, ele baixou o arquivo depois de um instante e me observou com uma expressão impossível de se decifrar.

— Nós sabemos quem você é, cidadão — disse ele, sustentando um olhar de expectativa. — Sabemos quem você é.

Eu não conseguia respirar. A noite dos panfletos, a janela, os rostos se erguendo para me encarar. Quem havia contado a eles? Estiveram me seguindo por todo esse tempo? Não consegui emitir nem um som sequer. O homem parecia satisfeito.

— Sabemos da sua anormalidade, da sua pederastia. — Ele pronunciou as palavras de maneira clínica, com um tipo desprendido de julgamento, usando o mesmo tom que imaginei que teria dito "traição".

Toda as sensações deixaram meu corpo, como se minhas células estivessem me abandonando. Era como se tivessem me arremessado em um vórtice, um lugar onde não havia lado de cima ou de baixo, nada em que me segurar. Ninguém nunca havia me dito aquelas coisas. Algo privado, algo inteiramente inconfesso, mas, ainda assim, essencial, estava sendo arrancado de mim. Eu não conseguia falar nada. Talvez estivessem jogando verde comigo, pensei, talvez eu pudesse sair daquela situação na base da conversa. Mas vi-me incapaz de pensar ou executar qualquer manobra; estava preso na mandíbula de algo poderoso demais, algo que me paralisava por dentro. A satisfação correu pelo rosto dele — um rosto que poderia ter sido o de qualquer pessoa, um rosto comum, cotidiano.

— Não sei do que você está falando — falei, sabendo que jamais conseguiria levar aquilo até o fim.

O rosto do homem não se alterou. Ele baixou os olhos mais uma vez para o arquivo.

— O nome Marian Zalewski significa algo para você?

Neguei com a cabeça, com honestidade.

Com o olhar fixo no papel, ele prosseguiu:

— Zalewski foi flagrado no Parque Staromiejski, em Wrocław, mais de três anos atrás... em 23 de abril de 1977. Praticando sodomia com outro cidadão. — Ele voltou a me encarar. — Muito obediente, ele nos deu nomes de outros que são como ele. Todos os nomes que sabia. Todos documentados em uma declaração, assinada pessoalmente por ele. Um dos nomes era o seu.

Ele tirou alguma coisa do arquivo e a entregou para mim. Era uma fotografia, do tamanho de um passaporte. Mostrava o rosto de um velho que eu nunca vira, olhando direto para a câmera. Aquela face tinha sulcos e linhas profundas. Seca, desprovida de vida. Então, em um estalo, eu o reconheci: era o homem do banco do parque, da noite em que fugi de casa. O homem que me contara sua história de vida, o homem cuja boca aliviara minha ansiedade por uma noite — e para quem eu dissera meu nome. Em vez de raiva, um estranho tipo de ternura me invadiu. Ele parecia tão triste, tão desamparado naquela fotografia. Uma fúria se acendeu dentro de mim em nome dele. Eu conseguia imaginá-lo sendo arrastado do parque até a parte de trás de um carro policial; conseguia vê-lo sentado em algum escritório subterrâneo gelado, apanhando, sendo chantageado, forçado a assinar a declaração que, agora, se encontrava sistematicamente diante de um burocrata.

— O que isso tem a ver com o meu passaporte? — perguntei, impaciente. — Você vai me dar o documento ou não?

Devagar, o homem baixou o arquivo e cruzou as mãos por cima dele, mantendo a calma.

— Isso depende inteiramente de você, cidadão. De você e de seu bom senso. — Ele fechou minha pasta, apoiou os cotovelos nela e me encarou com olhos estreitos, as pupilas pequenas e intensas, como cabeças de prego. — Se quiser seu passaporte, você fará o mesmo que o camarada Marian fez: vai nos providenciar nomes. E datas. E circunstâncias.

Ele puxou um papel em branco da gaveta de sua mesa e o deslizou na minha direção.

— Escreva.

A princípio, senti um vazio. Pensamentos voaram pelo espaço, tentando irromper em chamas. Um céu preparado para fogos de artifício, um palco desobstruído para decisões. Mas de onde vêm as decisões?

Vi você e Hania entrelaçados, dançando, alheios a mim do outro lado da janela. Meu estômago começou a queimar, expelindo dor como pontas de flechas e, então, vocês dois como uma criatura de quatro pernas, contorcendo-se no solo da floresta. Uma criatura devorando a si mesma, ciente apenas de si. Ao mesmo tempo, seus apelos por confiança ressoavam em meus ouvidos, seus apelos pela minha paciência. O fogo em meu estômago se espalhou. Minhas costas recorreram à dor, meus olhos agitaram-se e umedeceram. O homem continuava ali, me encarando. Bem como a folha de papel.

Senti a pausa do tempo. Um momento distendido até suas mais minúsculas partes, tão esticado que ameaçava se romper. Quando me imaginei tomando aquela folha de papel e alcançando a caneta, quando visualizei aquela possibilidade, a de escrever o seu nome, meu braço se recusou a se mexer. Eu não conseguia senti-lo. Não sentia o fogo em minhas entranhas, não sentia dor alguma. Havia ficado entorpecido.

Não sei dizer o que tomou a frente naquele momento, no vazio do instante seguinte. Acredito não ter sido algo distinto, era mais como um murmúrio vago, uma voz animal, um instinto. Eu obedeci ao que aquilo dizia — ou tanto quanto consegui entender. Sabia que era algo que dizia a verdade. Abri a boca. Meu corpo parecia pesado, absurdo, como estar vestindo dois casacos de pele ao mesmo tempo.

— Não — falei diante do rosto insensível do homem. — Não tenho nenhum nome.

Não foi fácil — ele estava determinado a conseguir aquilo que lhe pertencia. Mas eu sabia que precisava persistir, sabia que deveria encarar as ameaças crescentes como um sinal de progresso. Ignorei-o quando disse que eu jamais conseguiria sair do país e que nunca encontraria um trabalho se não colaborasse. Ignorei-o quando ele se tornou agressivo e falou que eu era um pervertido e um doente maldito. Para minha surpresa, me vi incapaz de aceitar a vergonha que o homem queria que eu sentisse. Ela me era familiar demais para ser imposta: eu havia produzido aquele sentimento por conta própria durante tanto tempo que, naquele momento, descobri que não restava mais espaço para isso. Em vez disso, fiz uso da verdade. Disse que havia sido drogado na semana anterior e que minha mente estava aturdida, que o passado parecia um borrão. Não sei se o homem acreditou em mim. Mas, por fim, não tenho certeza do motivo, ele me disse que eu tinha dois dias. Dois dias para levantar nomes. Antes de me liberar, ele apoiou as mãos sobre a mesa e falou, com uma voz comedida e afiada como um bisturi, que eu me arrependeria pelo restante de minha vida caso não desse as caras. Balancei a cabeça e me retirei, sem sentir nada. Do lado de fora, já era noite. Inspirei o ar invernal. Eu sabia aonde precisava ir.

*

O bonde trovejava atravessando a ponte. As árvores ladeando as margens do rio estavam nuas, suas folhas caídas na água, levadas pela correnteza. A Virgem Maria no pátio estava coberta por uma camada de geada, os gladíolos amarelos tinham desaparecido. Cada passo na escadaria foi um esforço. Cada rangido, pensei, alertaria você da minha presença. Não havia crianças brincando, ninguém do lado de fora — apenas eu e a madeira velha e escura da casa. Bati à sua porta, meu corpo nada além de uma casca. Meu coração batendo como se eu tivesse escalado as montanhas Tatras. Eu nem sequer sabia dizer por que estava ali.

Você abriu a porta e uma oscilação correu por seu rosto. Como se não soubesse o que expressar. Naquele momento, não mostrava nada além de resolução. Você me encarou. Eu o olhei de volta, tentando avaliar o momento, sentindo-me fora de controle. Você parecia muito mais alto naquele momento, superior, me observando de cima.

Pensei que ficaríamos parados ali para sempre. Pensei ser orgulhoso demais para até mesmo começar a falar, dizer que não imploraria por nada, que não tinha motivo algum para lamentar. Mas olhar para você me amoleceu — apesar de sua nova frieza, ou talvez por causa dela. Era doloroso vê-lo daquela maneira, não sentir nada correndo entre nós dois. Então, enxerguei algo nos seus olhos, uma brecha.

— Não vai me deixar entrar? — perguntei.

Você se afastou da porta, abrindo caminho para mim.

Nunca estivera tão frio dentro do seu quarto. O aquecedor — uma geringonça de canos brancos conectados ao lado da porta — soltava tinidos e estrondos, como se um gnomo estivesse preso ali dentro, desferindo golpes com uma vareta. Fiquei feliz por ter meu casaco. Foi quando notei que você estava usando um suéter grosso e um cachecol. A porta foi fechada às minhas costas.

— Então, você veio. — Parecia que você falava mais para si mesmo do que para mim. Ficou parado à porta, olhando para mim, impotente no meio do quarto. — Sente.

Não havia nenhum lugar no qual me sentar senão a cama. Ela estava arrumada com zelo, vários cobertores estendidos por cima. Na mesa, ao lado da janela, estavam livros abertos e um bloco de notas. Sentei-me na beirada do colchão, sentindo os cobertores sob meu peso, sentindo um vazio onde já houvera certeza. Você permaneceu de pé ao lado da porta, os braços cruzados em frente ao peito, olhando para mim.

— Por que você fugiu? — Havia reprovação e uma nota de mágoa em sua voz.

A pergunta me pegou de surpresa. Imaginei que haveria conversa-fiada; pensei que evitaríamos falar sobre o que realmente sentíamos. Engoli em seco, procurei por algo honesto e que valesse a pena colocar em palavras.

— Foi mais do que eu consegui aguentar — falei, incapaz de olhar para você. — E... — Parecia algo impossível de se dizer; seguir em frente era como pular através do fogo.

Você me encarou com afinco.

— O quê?

Eu hesitei. E, em meio à hesitação, a mágoa surgiu.

— Naquela noite. Quando Maksio nos viu. O que você disse a ele. E, depois, eu vi você. Na floresta. Com Hania.

Fechei os olhos, exausto. Não queria enxergar sua reação. Mas, mesmo assim, ergui o rosto. Seu rosto tinha endurecido de novo, de maneira diferente. Seu maxilar estava rígido, os olhos encarando o chão, ocultos de mim. De repente, me senti encurralado, tomado por um impulso de sair correndo. Você levantou o rosto na minha direção, seus olhos pesarosos, brilhando.

— Todos nós estávamos drogados, Ludzio. Não era para você ter nos visto. Não significou nada. Era um jogo. Algo inocente.

Você olhou para mim, esperando uma reação. *Isso nunca foi um jogo*, pensei, *e também nunca foi inocente*. Mas não consegui verbalizar isso. Era como se tivéssemos adentrado em um domínio onde as palavras perdiam o significado. Apenas olhei para você, observei-o se debater, endurecer novamente diante do meu silêncio.

— Você poderia ter dito algo antes de ir embora — falou você, agora me repreendendo. — Poderíamos ter conversado. Você nem me deu uma chance de explicar. E, agora, estragou tudo. Com ela. Consegue imaginar como ficamos preocupados? Que pensamos que você poderia ter entrado na floresta, que precisava de ajuda? — A dor aparente em seu rosto parecia genuína e, por um instante, me senti culpado. — Por sorte, os pais dela nos disseram que te viram. Obviamente, eles acham que você é maluco. O que vai fazer agora? Hein?

Acredito que, pela primeira vez, eu olhei para você com pena.

— Isso não importa mais para nós — falei, com delicadeza. — Eu vou embora.

As palavras foram como um feitiço, suspendendo tudo o que havíamos dito antes. O medo resvalou seu rosto, fez seus olhos buscarem os meus por sinais.

— Para onde? — perguntou você, quase incrédulo.

— Para os Estados Unidos.

A compreensão se espalhou como água no papel. Sua boca derrotada, seus olhos me evitando. Odiei ver você daquele jeito.

— Te deram um passaporte? — perguntou você, a voz baixa, sem entonação alguma. Eu fiquei imóvel.

— Ainda não.

Você meneou a cabeça, olhando para o chão e, então, na direção da janela. Eu queria que falasse mais. Sentia que não me restava mais nenhuma arma. Você foi até a janela, não olhou para mim. Respirou com pesar.

— Não quer vir comigo? — perguntei, sentindo-me tolo assim que as palavras saíram.

Você riu: uma exalação rápida e curta, que não combinava com seus olhos. Eles estavam amargos.

— Por que precisa ir embora? — disse você, voltando-se para mim. — Nós estávamos tão perto de conseguir o que queríamos.

Eu analisei sua figura, inspirei com força. Por um instante, fechei os olhos e, então, tornei a abri-los.

— Não estávamos, Janusz. Você só achou que sim. Não vê o que isso está fazendo com a gente? É humilhante.

Você me encarou sem piscar.

— Mais humilhante do que morar em um sótão congelante, feito um rato? Ou do que trabalhar como louco a vida inteira e não ganhar nada em troca? Eu pensei que você queria uma vida melhor do que essa.

— Eu quero — falei, sentindo frio. — Eu quero.

Você se sentou sobre a escrivaninha, as costas viradas para a janela, seu rosto desmoronando nas mãos. E eu senti ternura, uma possibilidade. Fiquei em pé, fui até você, coloquei a mão em seu ombro. Podia sentir a tensão de seus músculos através da lã.

— Venha comigo — sussurrei. — Não é tarde demais. Poderíamos ir sem ninguém saber, pelas montanhas da Tchecoslováquia, depois para a Áustria. Ninguém vai saber quem somos lá.

— Não teríamos nada — insistiu você, por trás das mãos. — Não sabemos falar o idioma. Estaríamos perdidos.

— Estaríamos livres.

O quarto estava repleto de nós, com as nuvens que se juntavam de nossas palavras, o nevoeiro de nossos pensamentos. Afastei minha mão de você.

— Pense em *O quarto de Giovanni* — falei, lembrando-me da história através do nevoeiro. — Pense em como David abandona Giovanni por medo. Não devemos agir movidos pelo medo.

Você afastou as mãos do rosto vermelho, olhando não para mim, mas através de mim.

— Isso é demais. — Sua voz estava cansada. — Não posso fazer isso, Ludzio. Não posso. Você está pedindo demais.

— É por causa de Hania? — Senti minha cabeça girar de medo.

Você não disse nada, olhou para baixo, seu rosto ainda corado, imóvel.

— Não é tão simples assim — falou você, por fim. De algum jeito, eu acreditei.

— Lembre-se de como David se sente depois do que decide fazer — falei, sentindo a garganta apertar. — Ele se arrepende.

— Pare de nos comparar com esse livro! — Sua voz se despedaçou contra as paredes. Seu rosto estava distorcido, franzido e irreconhecível. — É você que quer fugir. É você que está tentando me forçar a aceitar isso. Não podemos forçar as pessoas a nos amarem do jeito que queremos.

Senti a vida escorrer de mim, como se um plugue tivesse sido puxado. Eu me sentei na cama.

— Eu não sirvo para isso, Ludwik — falou você, as palavras soando como um pedido de desculpas. — O meu lugar é aqui. E eu vou conseguir, de um jeito ou de outro. — Você se ergueu da mesa, avançando na minha direção com confiança renovada. — Eu conheci os pais de Hania. Me dei bem com o pai dela. Ele vai me ajudar a subir de posto. Tenho certeza. — Havia esperança na sua voz. Quase parecia que queria que eu me orgulhasse. Eu não disse nada. Você estava a apenas um metro de distância; eu poderia tê-lo tocado se esticasse a mão. — E talvez também não seja tarde demais para você — continuou. — Talvez possamos falar com Hania, talvez Maksio nunca conte a ninguém o que viu, e...

Fiquei em pé.

— Eu preciso ir — falei, sabendo que era a verdade.

Seu rosto, seus membros, era como se todo o seu ser estivesse tentando se manter inteiro, quase trêmulo com o esforço. Eu não era capaz de suportar ver aquilo. Desviei os olhos e deslizei até a porta como um ladrão em fuga, estacando quando você chamou meu nome.

Soou como um apelo, um direito violado e evocado. Minha mão na maçaneta, minhas costas voltadas para você, o coração martelando em minha têmpora. Eu sentia as sílabas latejando no ar. Meu nome, me reivindicando. A palavra pôs os dedos em meus ombros e tentou me segurar. Com um tranco terrível, escancarei a porta e desci correndo a escuridão das escadas.

*

A noite havia ficado ainda mais fria. A rua estava vazia. A luz dos postes era fraca e os palavrões dos homens e mulheres bêbados invisíveis perfuravam o ar. Eu sabia que você não viria atrás de mim, e a maior parte de mim não queria isso. Mas, sem saber o motivo, comecei a correr, impulsionado por algum tipo de pânico extasiado. Corri tão rápido quanto pude sobre o asfalto congelado, ao longo de prédios desgastados, atravessando uma praça vazia. Corri sem parar, sentindo o frio ferroar meus pulmões, sentindo-o entrar e sair de minha cabeça com velocidade. Através do labirinto das ruas de paralelepípedos, passando pelo domo dourado da igreja ortodoxa, indo direto até a ponte. Eu corri até conseguir sentir meu corpo mais uma vez, até que minhas pernas ficaram pesadas, até que a dor começou a formigar em meu corpo e eu me vi sem opções, sem fôlego. Quando parei, estava de pé na ponte, agarrado a um gradil, curvado ao meio como a letra L de ponta-cabeça. Então puxei o ar, inspirações profundas, quentes e espinhosas. Minha cabeça girava. Fechei os olhos. Agarrei-me com mais força ao gradil, apertando-o mais e mais. Até que caí de joelhos e gritei de dor, sentindo o concreto duro e frio fazendo pressão contra mim.

*

Mais tarde, quando a tontura tinha cessado; os tremores, recuado; e o frio do chão havia escorrido para dentro dos meus ossos e eu soube que isso não me salvaria, que talvez nada pudesse me salvar, eu abri os olhos e me coloquei em pé. A cidade estava à minha frente, estranhamente afastada do rio, estranhamente calma. As casas da Cidade Velha se acomodavam na colina, o pináculo afiado do palácio à esquerda, os *blokowiskos* visíveis atrás. Na escuridão daquela noite, tudo mal parecia real.

Em retrospecto, me surpreende que eu não tenha me jogado daquela ponte. Estava aterrorizado, sem conseguir enxergar saída alguma. Mas acredito que, naquele momento, em meio ao desespero, eu senti a agitação daquele instinto de novo, o murmúrio daquela voz. Então limpei a sujeira de minhas roupas e caminhei para casa com uma febre crescente. De alguma forma, eu sabia que conseguiria pensar em alguma coisa, um pacto com o qual eu poderia tentar viver.

Naquela noite, atormentado por clarões quentes e sonhos frenéticos, eu me levantei da cama e parei em frente à janela do meu quartinho. Lá fora, a cidade era um fantasma repleto de árvores dormentes. Por um momento, pensei em você, no seu quarto, chamando meu nome enquanto eu ia embora.

Pensei em todas as vezes que você mentiu, tentando manter ela e a mim. Foi quando a ideia me ocorreu. Eu soube, sem precisar pensar duas vezes, que era a única opção.

*

Na manhã seguinte, saí de casa cedo. Caminhei a partir do mesmo ponto em que nós dois nos encontramos naquela noite, pela avenida ao lado do Parque Łazienki, suas árvores e arbustos agora desfolhados e nus. Como meu cervo estaria conseguindo sobreviver? Encontrei a rua secundária com a grande *kamienica*. Apertei o botão no interfone.

— Olá? — A voz dela, nítida e imaculada.

— É o Ludwik — falei.

— Ah. — Havia surpresa no tom dela, uma curta pausa. — Pode subir.

Tomei o elevador, observando meu rosto carregado no espelho. A última vez que eu estivera ali com você parecia ter sido uma vida inteira atrás.

A porta para o apartamento estava aberta quando saí do elevador. Hania estava parada ao lado dela, um sorriso conciliatório no rosto, que me doeu. Ela usava um suéter, uma longa saia vermelha e meias grossas. Nós trocamos beijos na bochecha.

— É bom te ver — disse ela, com suavidade, e mais uma vez eu acreditei, como em todas as ocasiões em que ela dissera aquilo.

Mal consegui reunir forças para entrar. O apartamento parecia mais leve e maior do que me lembrava. Fomos até a esplêndida sala de estar onde a festa tinha acontecido, agora inundada pela luz do inverno. Ela me fez sentar no sofá branco.

— Gostaria de alguma bebida? Suco de toranja? — Ela franziu o cenho, sentindo meu nervosismo, talvez. — Um pouco de conhaque?

Balancei a cabeça, negando.

Ela se sentou, a saia longa caindo do sofá para o tapete.

— Preciso pedir desculpas a você — disse ela, me olhando com pesar. — Pela noite no interior. Sinto muito pela *zupa* ter ficado tão forte. Me sinto péssima pela situação toda. As coisas foram longe demais, e foi minha culpa. — Ela parecia constrangida.

— Está tudo bem — falei, me sentindo aliviado. — Você não sabia. Sinto muito por ter ido embora sem dizer nada.

Tentei sorrir. Ela assentiu com a cabeça, como se compreendesse.

Fez-se silêncio por um instante, durante o qual senti meus batimentos acelerarem.

— Vim aqui te pedir um favor — ouvi a mim mesmo dizer. Eu não conseguia olhar para ela, então encarei meus dedos entrelaçados, que estivera apertando com tanta força que a essa altura estavam vermelhos e brancos. — Estou em apuros. Preciso da sua ajuda.

Os olhos dela se arregalaram e ela meneou a cabeça, como se dissesse "continue".

Contei a ela a respeito do homem no departamento. As palavras saíram mais facilmente do que antes. Eu as escolhi com cuidado. Disse a ela que queria sair do país para ver meu tio. Que estavam segurando meu passaporte, me chantageando — no entanto, não entrei em detalhes. Evitei a questão tanto quanto pude, de maneira absurda, e ela me deixou continuar. A luz brilhava no chão de parquete, fazendo-o parecer liso, perfeito como a superfície de um rinque de gelo. Hania me observou com preocupação e simpatia durante todo o relato e, estranhamente, contra minha vontade, apesar de todos os meus instintos de dor, vingança e humilhação por precisar recorrer justo a ela, senti um arroubo de amor pela gentileza dela, por sua bondade em me ouvir. Pela ignorância sobre tudo o que havia acontecido entre você e eu. E pela minha inocência vista através dos olhos dela. Quando terminei de falar, Hania colocou a mão em meu ombro, uma mão que não pesava praticamente nada, e disse:

— Vou falar com meu pai.

Eu a agradeci, mas vi que havia algo em sua expressão. Ela se voltou na direção das janelas enormes, de frente para o sol branco de inverno. Então, tirou as pernas do chão e as puxou contra o próprio corpo, abraçando-as junto da saia.

— Só tem uma coisa que preciso saber — disse ela, devagar, aparentando desconforto. — Com o que estão te chantageando. Vai ajudar. A entender a melhor forma de abordar a situação.

Tentei me concentrar em respirar. Parecia que eu estava caindo. Era impossível para mim.

— Ludwik?

— Eles sabem que eu sou... — Não conseguia encarar os olhos dela, não conseguia continuar falando. Nunca havia dito aquilo para ninguém. Nem para mim mesmo. Era como se eu precisasse saltar por cima de uma parede de cinco metros.

— Me diga — pediu ela, com gentileza, sua mão leve mais uma vez em meu ombro. — Continue. Não tenha medo.

Quase desmoronei. Alcancei as palavras de novo, como se elas tivessem caído no chão. Então as segurei, as ergui, tentei empurrá-las para fora, como se fossem algo muitíssimo pesado que poderia me esmagar.

— Eu sou... — Tentei e falhei sob o olhar dela.

Era a mesma sensação, a mesma atração oscilante que se tem ao ficar em pé na beira de um trampolim de mergulho.

— Eu sou... — Minha voz saiu quase firme. — Sou homossexual.

O mundo não despencou. O rosto dela permaneceu calmo. A luz branca invernal continuou a fluir no cômodo como se entrasse em uma igreja, iluminando o chão e a nós, meu coração bombeava sangue pelo meu corpo — acelerado, mas funcionando — e um arrepio percorreu todo o meu corpo, percorreu todo o meu ser. E eu tive a sensação de que algo morto e pesado dentro de mim tinha sido expelido, como se eu tivesse carregado um fantasma feito de chumbo junto de mim durante todo aquele tempo. Sentia-me zonzo. Tentei falar mais alguma coisa, mas não havia nada a ser dito. Ela me tomou nos braços, e eu permiti — caí em seus braços macios, em seu pulôver, acolchoado nos seios macios sob a roupa.

— Está tudo bem — sussurrou ela. — Eu entendo. — Ela afagou meu cabelo. — Fique tranquilo. Não se preocupe. Você vai ficar bem. Fique tranquilo.

Mesmo que eu tivesse querido, não teria sido capaz de conter as lágrimas. Elas se derramaram sem esforço algum de minha parte, uma força própria, agentes de alívio e consolação, inundando meu rosto, esvaziando minha mente. Nós ficamos sentados assim, envoltos um no outro, sob a luz brilhante, por um tempo imensurável. Quando me endireitei, ela se afastou e voltou, momentos depois, com um lenço.

Enxuguei meu rosto e agradeci.

Ela ficou imóvel, me olhando de cima.

— Você o ama, não é?

Ela falou isso com suavidade, neutra, quase como se não fosse uma pergunta. Fechei meus olhos para dizer "sim" e olhei para ela, vi que ela entendia. Então, uma sombra correu por seu rosto, um traço de dúvida. O momento que eu tinha certeza de que chegaria. Ela permaneceu imóvel e me olhou com intensidade, me perscrutando, à procura de conforto, implorando a mim com os olhos.

— Você e Janusz... — começou ela, mas eu a interrompi.

— Ele não sabe — falei, enfiando a bola molhada de papel em meu bolso, tentando não tremer, tentando manter a voz firme. — Não diga nada a ele.

Ela assentiu com a cabeça, o medo dissolvido.

— É lógico que não — falou, tentando disfarçar o alívio. — Não vou dizer.

Ela me ofereceu conhaque mais uma vez, me perguntou se eu queria comer alguma coisa. Balancei a cabeça, negando, e a agradeci. Era hora de ir.

Ela me acompanhou até a porta e me abraçou.

— Vou ligar para meu pai agora mesmo — disse, e me garantiu que fariam o que pudessem.

— Obrigado — falei, novamente.

Ela me abraçou, dessa vez por mais tempo.

— Venha visitar de novo logo. — Mais uma vez, ela parecia honesta.

— Venho, sim — respondi, quase convencendo a mim mesmo de que era verdade.

***

Hoje de manhã acordei e ouvi o trânsito gentil do lado de fora, a buzina dos navios que deslizavam. Então, me levantei, peguei meu casaco e saí. A neve no asfalto fora reduzida a pó, brilhando sob o sol como vidro estilhaçado. É domingo e as pessoas estavam nas ruas, levando a família para passear. Olhei para todas elas. É um impulso do qual não consigo me livrar, observar todos por quem passo, esperando reconhecer um rosto na multidão, ansiando por algo familiar.

Fui na direção da água — depois das casas de arenito, suas escadarias sólidas e amplas conduzindo aos anjos, às estrelas e aos Papais Noéis nas janelas; além das decorações, da abundância.

Eles enterraram os mineiros na semana passada. Nem sequer falaram algo a respeito na televisão — foi Jarek quem me contou. Ele tinha ficado sabendo diretamente de nosso país. Parece que centenas de forças de segurança estavam lá para prevenir revoltas — uma procissão fúnebre ladeada por homens de capacetes, em honra àqueles que foram mortos por homens de capacete. Senti mais tristeza do que raiva. Talvez porque o ano esteja chegando ao fim. Há um limite para o ódio que se pode produzir, um limite para a mágoa que se pode de guardar dentro de si.

Ontem, tentei ligar para a vovó mais uma vez e o impensável aconteceu: a ligação completou. Alguém atendeu.

— Alô? — Eu não acreditava na minha sorte, me sentindo como se tivesse jogado uma corda do outro lado do oceano e ela a tivesse agarrado. — Como você está? — perguntei, repetidas vezes, agarrando o gancho até as palmas de minhas mãos estarem oleosas.

A voz dela parecia normal. Estava bem, insistiu ela um pouco demais. Tinha o suficiente para comer. Ficava a maior parte do tempo dentro de casa. Tentava não ler as notícias nem ouvir o que os vizinhos diziam. É lógico que eu sabia que a linha estava grampeada, que, em algum lugar, em alguma sala de rádio triste e abarrotada, alguém nos ouvia, e que a vovó estava tentando dizer as coisas certas.

— E você, Ludzio?

— Estou bem — falei, rapidamente. E, então, contei a ela que estava pensando em voltar para casa. Que...

— Não faça isso — disse ela, me interrompendo, a voz se tornando urgente. — Não há nada aqui. Seu sofrimento não vai nos ajudar.

— Vovó... — Eu tentei fazê-la parar de incriminar a si mesma, mas ela me interrompeu de novo.

— Fique onde está — falou. — Isso, pelo menos, me dá esperança. E, agora, desligue, meu amor — acrescentou. — Essa ligação deve estar te custando milhões.

Eu desliguei e enterrei o rosto nas mãos.

Parte de mim ainda queria voltar. Mesmo sabendo que, uma vez que chegasse, nunca mais me deixariam sair. Mesmo sabendo que era uma tolice, que eu seria um prisioneiro. Mas, pelo menos, eu estaria lá. Do lado de dentro.

Caminhei até a beira-mar, até os píeres dilapidados. Do outro lado do rio espumoso, a linha do horizonte de

Manhattan desenhava-se em frente ao céu, centenas de Palácios da Cultura cintilantes instalados um ao lado do outro, absorvendo a luz de dezembro. E, olhando para aquela luz, pensei no Natal em casa, em como costumávamos comemorar a data. Pensei em vovó, minha mãe e eu comprando uma carpa do vendedor na rua, escolhendo a mais gorda entre aquelas nadando nas bacias de metal que ficavam na calçada, apontando os dedos enluvados para o mesmo peixe. Nós o levávamos para casa, enchíamos a banheira e o deixávamos nadar lá dentro. Era minha parte preferida. Eu dava um nome à carpa. Dizia a ela que a levaria até o Odra e a soltaria. E dizia aquilo de verdade. Mas, então, a véspera de Natal chegava, eu ficava com fome e minha mãe estava preparada. Ela tirava o peixe da banheira como fazia comigo quando eu era pequeno, com cuidado para não o derrubar. Depois, cortava a cabeça fora. Abria o corpo com um corte e puxava os órgãos como se fossem sementes de uma uva, as mãos vermelhas como o diabo, sangue escorrendo por seus punhos e antebraços até os cotovelos.

***

No dia seguinte à minha visita a Hania, não voltei ao departamento, como o homem de óculos me forçou a prometer que faria. Permaneci em meu quarto, encarei meu relógio e o imaginei sentado à mesa, ficando cada vez mais agitado. A cada minuto que passava, esperei por uma batida na porta, homens da milícia me levando embora ou um representante do conselho de moradia me entregando um aviso de despejo. Mas nada daquilo aconteceu. Nem no dia seguinte, nem no outro. A semana terminou sem que nada fora do normal ocorresse. Exceto que começou a nevar. Neve despencou das nuvens, brancas como travesseiros, por toda a cidade, dançando em flocos alegres, recém-nascida, cobrindo ruas, casas e carros com uma crosta cintilante, forçando tudo a pausar por um tempo.

Em certa manhã, pouco tempo depois, *pani* Kolecka bateu à minha porta e me entregou um envelope grande e marrom. Dentro dele, estava um passaporte com um visto.

*

Algumas semanas mais tarde, vi Karolina pela última vez. Ela estava esperando por mim na neve, um enorme chapéu de pele na cabeça, a respiração visível em meio ao frio. Quando me viu, abriu um sorriso.

— Por que não entrou? — perguntei, indicando a porta do bar com a cabeça.

— Queria entrar com você — respondeu ela, me dando um beijo na bochecha e entrelaçando o braço com o meu.

Do lado de dentro, fomos atingidos pelo ar quente e pelos olhares dos clientes. Homens, jovens e velhos, nos analisaram com curiosidade quase escancarada. Como na última ocasião, nos sentamos perto do bar e pedimos duas cervejas. Estavam tocando a música mais recente de Donna Summer, "Bad Girls". Tamborilei os dedos no ritmo dela.

— Engraçado você me pedir para te encontrar aqui — disse Karolina, sorrindo. — Achei que não tinha gostado desse lugar.

Eu ri.

— Mudei de ideia. É permitido fazer isso, certo?

— É recomendado — respondeu ela, divertindo-se.

As cervejas chegaram e nós brindamos. Karolina começou a me contar das últimas semanas, de seus encontros com Karol. Estavam apaixonados.

— Fico tão feliz por você — falei, sincero. — Muito feliz.

— E quanto a você? — perguntou ela. — O que queria me contar?

Dei um longo gole na cerveja e comecei a contar a ela sobre você, eu e Hania. A verdade sem censuras, pela primeira vez. Karolina soltou suspiros de surpresa durante todo o relato, mas não pareceu muito chocada. Até o momento em que falei do passaporte.

— Então você...? — Os olhos dela começaram a marejar.

— Sim. Na semana que vem.

— Que ótimo — falou ela, a voz falhando de emoção. Ela baixou os olhos para a cerveja. — E você não pode... esperar?

— Acho que chegou minha hora — falei. — E, agora que é você quem está apaixonada, não vou te convidar para vir comigo.

Ela ergueu o rosto. Lágrimas se libertaram de seus olhos, desenhando caminhos pretos de rímel por suas bochechas. Ela chorou sem fazer barulho, e eu a puxei para meus braços. Quando se acalmou, vislumbrou de relance o próprio rosto no espelho atrás do balcão e esfregou os resquícios de maquiagem com as costas da mão.

— Olha isso — falou ela, deixando escapar um sorriso. — Estou um caco.

— Está mesmo — respondi. — E eu vou sentir sua falta. Talvez, algum dia, você venha se juntar a mim?

— Talvez — disse ela, sorrindo, enxugando o restante das lágrimas.

*

No dia antes do meu voo, fui até uma livraria procurar um manual de inglês. Entrando na loja, vi você — seu braço em torno da cintura dela, observando a mesa de livros na entrada. Você usava uma jaqueta de couro nova, marrom, com uma bela gola de pele. E tinha um bigode acima da boca. Eu congelei. Foi Hania quem ergueu o rosto, me viu e sorriu, e não tive outra escolha a não ser me aproximar e cumprimentá-los, meu corpo dormente. O ar entre nós estava impenetrável. Ela me deu um beijo na bochecha; você e eu apertamos as mãos com solenidade. Pude sentir o olhar dela correr entre nós com um tipo discreto de concentração. Então, ela pediu licença, disse que ia pagar pelos livros. E ali ficamos, nós dois. Você a acompanhou com o olhar enquanto ela se afastava, evitando me encarar. Por fim, levou o dedo indicador e o médio na direção dos lábios.

— Quer fumar?

Fomos até o lado de fora, sob o toldo da livraria, observando a rua. Estava frio e ensolarado. A geada cobria o asfalto como glacê. Você tirou um maço de Marlboro do bolso e me estendeu um.

— Belo bigode — comentei, nervoso, quando você acendeu meu cigarro e viu meus olhos correrem por seu rosto, os dedos roçando os meus quando colocou as mãos em concha para proteger a chama do vento.

Você ignorou meu comentário e a banalidade dele. Em vez disso, acendeu seu cigarro sem olhar para mim e soltou a fumaça pelas narinas, como se mal pudesse esperar para expeli-la de seu corpo. Então virou a cabeça na minha direção. Seus olhos me avaliaram. Senti que queria dizer algo, preparei meu corpo para o que quer que fosse que você precisava colocar para fora. Foi quando a porta da loja foi aberta e Hania apareceu, trazendo uma sacola cheia de livros. Nós ficamos imóveis por um momento, desconfortáveis, lamentando a oportunidade perdida. Buscamos por palavras, cada um de nós, tentando dizer algo que tivesse algum significado. No fim, apenas nos despedimos. Dissemos um adeus casual, como se fôssemos nos ver de novo em breve, ou, talvez, como duas pessoas que nunca foram nada além de conhecidas. Vocês dois se afastaram, de braços dados, e eu observei você, o cigarro ainda aceso em minha mão, a última coisa que você me deu.

***

Volto de minha caminhada para casa, tiro o casaco e esfrego as mãos. Sento-me no sofá e encaro a televisão sem ligá-la.

Lembro-me de como abandonei nosso país e como pensei que, fazendo isso, meu pesadelo de solidão retornaria. O pesadelo do tempo fossilizado, no qual caminho pelo cenário ermo de lápides cobertas pelo matagal, nem uma única alma por perto, condenado a uma vida entre os mortos. Mas isso não aconteceu. Eu vim para um novo país, uma nova cidade, e decidi deixar minha solidão no passado. A América é boa nesse nível. Mesmo que não seja verdade, mesmo que seja impossível livrar-se de um passado por completo, ninguém aqui vai dizer essas coisas em voz alta. Isso facilita a situação.

Facilita enganar a si mesmo. Você, mais do que ninguém, deve saber como é.

E, ainda assim, me ocorre agora que não podemos carregar nossas mentiras para sempre. Mais cedo ou mais tarde, somos forçados a encarar a escuridão delas. Podemos escolher o quando, não o se. E, quanto mais esperamos, mais doloroso e incerto será o processo. Até mesmo nosso país está passando por isso nesse momento — encarando seu arquivo de mentiras, atravessando um pântano à procura de alguma nova verdade com a qual se possa trabalhar.

Seis meses depois da minha chegada, Karolina me mandou uma carta contando do casamento. Que Hania estava grávida na cerimônia e já dava para ver. Apesar de tudo, eu chorei. Por todo esse tempo, quis lhe perguntar se você a amava. Era a única coisa que me arrependia de não ter perguntado. Percebo agora que isso nunca importou. Porque você tinha razão quando disse que as pessoas nem sempre podem nos dar o que queremos delas; que não é possível pedir a alguém que o ame de acordo com a sua vontade. Ninguém pode ser culpado por isso. E as chances estavam contra nós desde o início: não tínhamos um manual, não tínhamos ninguém para nos mostrar o caminho. Como é que iríamos saber o que fazer? Será que ao menos acreditávamos que merecíamos sair impunes por nossa felicidade?

Vou até a estante e pego *O quarto de Giovanni*, corro meus dedos por sua capa gasta. Penso em todos os olhos que passaram por essas páginas, todas as mãos que sentiram seu peso. E me lembro do dia do meu voo, quando *pani* Kolecka entrou em meu quarto pela última vez, um envelope em mãos, com *O quarto de Giovanni* dentro dele. Eu o abracei próximo ao peito como se fosse um tesouro perdido havia muito tempo e, agora, o tivesse reencontrado. Quando o abri, com o coração acelerado, um pedacinho de papel flutuou para fora, pousando gentilmente no chão.

Eu adorei este livro mais do que você imaginava, o papel dizia, na sua caligrafia pesada e inclinada para a direita. *Queria ficar com ele... mas é seu. Traga de volta um dia, se puder. Estarei aqui. J.*

Por todo esse tempo, eu me dou conta, vivi como se minha partida fosse temporária, suas palavras me impedindo tanto de ir embora quanto de chegar a algum lugar. Apesar da carta de Karolina, apesar do casamento, eu me agarrei à ideia de nós, buscando em outros rostos um pedacinho de algo conhecido, procurando no estranho algo familiar. Quando, na verdade, o familiar já havia se tornado estranho e minha casa tinha deixado de ser meu lar. Ambas as coisas continuaram a viver e a mudar, sem mim.

Eu fecho o livro e o guardo de volta na estante, alcanço meu casaco de novo, saio do apartamento e chego à rua. O vento atinge meu rosto e eu resisto, caminhando na direção das mercearias em Eagle Street. Minha barriga está roncando. Sinto fome, de repente, como se não comesse há semanas. Quero *borscht*, *pierogi* e bolo quente de semente de papoulas, e a sensação é como um vazio vasto e cavernoso dentro de mim, um anseio por calor. Mas não me traz nenhuma angústia. Parece uma promessa.

AGRADECIMENTOS

A CRIAÇÃO DE *NADANDO NO ESCURO* FOI UMA JORNADA de sete anos, e teria sido impossível sem a generosidade e o amor das pessoas a seguir:

Tanja Stege, Elizabeth Stephan e Louis Monaco, que acreditaram em mim muito antes de eu mesmo acreditar; Season Butler e todos os membros de nosso grupo de escrita em Londres, que abraçaram o mundo de Ludwik desde o primeiro instante; minhas amigas Hanaa Hakiki, Lottie Davey, Ella Delany, Manon Moreau e Leila Brahimi, que me deram conselhos inestimáveis com os primeiros rascunhos; meu incrível agente, Sam Hodder; e minhas maravilhosas editoras, Alexa von Hirschberg e Jessica Williams.

Sem meus pais — a coragem deles, a desenvoltura, bem como a paixão por contar histórias — eu jamais teria as ferramentas para escrever este livro. *Dziękuję wam z całego serca.*

Por fim, quero agradecer ao meu melhor amigo e marido por todos esses anos de apoio, e por seus olhos, ouvidos e coração lindamente perspicazes: Laurent, *je t'aime.*

Primeira Edição (março/2024) · Segunda reimpressão
Papel de Miolo Ivory slim 65g
Tipografias Sabon LT Pro e Cocogoose Pro
Gráfica LIS